серия *tip top street*

русская литература в Америке

Мир Павла Лемберского подобен заглавной букве Л, стоящей на двух континентах, подобен Летчику, перелетающему из Старого света в Новый свет и обратно, не замечая Атлантики; он, мир Лемберского, быстр и проворен, ибо драйв внятности диктует автору ритм речи; мир этих рассказов ясен, причудлив, полон автора, но не эгоизма, стремительного повествования и творящей странности, но не вычурности, а отменного воображения — единственного товара дозволенного искусству.

Александр Иличевский

Эта проза, способная «дешево и сердито» удовлетворить самого рафинированного эстета и филолога, в то же время восполняет тот мощный дефицит искренности, который существует сегодня и в литературе, и в жизни.

Псой Короленко

Проза живущего ныне в Нью-Йорке Павла Лемберского занимательна в первую очередь возрождением будто уже и не поддающейся возрождению традиции, точнее – даже тенденции, охватывающей несколько традиций, от Бабеля до Аксенова и Юза Алешковского: писатель с какой-то неимоверной свободой совмещает авантюрный сюжет с гипертрофированным стилистическим потоком; лексическое буйство и повествовательный напор не взаимоуничтожаются, но создают единый стилистическо-нарративный сплав.

Данила Давыдов, «Новый Мир»

Павел Лемберский

Де Кунинг

Littera Publishing LLC

содержание

Wish you were here: несколько открыток с видами Нью-Йорка

1.

Приезжаешь в незнакомый город. Но ведь он не совсем незнакомый: что-то ты слышал о нем, что-то читал, открытки разглядывал, листал журнал «Америка».

Значит, приезжаешь в не совсем незнакомый город.

Еще до панков с их разноцветными петушиными гребешками и кожаными куртками, в детстве на глаза попадались пожилые ухоженные женщины в нежно-голубых шиньонах и с дымящимися сигаретами в ярко напомаженных губах. И это были туристки из Бронкса или Аризоны, толстобедрым гуртом высыпающиеся из автобусов у гостиницы «Черное море». Протопанки такие. Типа какаду, но с жевательными резинками и шариковыми ручками, которые ты беззастенчиво у них клянчил, позабыв о пионерской гордости.

Как Лорка приехал в Нью-Йорк и отправился в Гарлем слушать джаз. Как Маяковский приехал и позвонил Бурлюку. Как Ильф и Петров приехали и встретились с Хемингуэем. Как ты приехал – и что? И ничего. Знаменитость все время везут куда-то: знакомить с тем-то, выступать там-то. А незнаменитость никуда не везут. Незнаменитость сама едет. И часто не туда заезжает. (Папа вообще в сабвее плохо ориентировался и поэтому на всех сердился).

В Москве – тоже ведь другой город – на зимние каникулы все было не так. Раздвигал в гостинице шторы, а за окном вместо сберкассы и колбасного – все другое. Другое осознаешь, когда за привычным (скажем, жестом) следует непривычное (допустим, вид). Переступаешь порог, а температура воздуха и номер троллейбуса – не те. И молоко перед сном вовсе «Можайское» какое-то. Другой город хочешь запомнить до мельчайших, потому что знаешь: тебе в нем не жить. А город, в котором жить – еще успеешь запомнить, куда торопиться? «Импайр Стейт Билдинг»? Успеется. Так и не побывал.

Не совсем незнакомый город до прибытия, а иногда и после – являет собой сумму запомнившихся о нем цитат. Со временем они овеществляются, реальность привносит свои поправки, но цитатный привкус остается. Возглас Леннона «Down in the Village!» на альбоме «Some Time In New York City» перестает быть неверно истолкованным кличем "Назад к природе!", и становится – по прибытии – тем, чем он и был для автора: ссылкой на район в Нижнем Манхэттене. Там же, в Билледже, бродила еще одна цитата: сэлинджеровский Холден Колфилд.

Цитатное восприятие города – частный случай туристического способа существования. Город, в котором ты проездом это не город супермаркетов и банковских очередей, но город, в котором жила сестра Керри и герои О. Генри. И в цитатном Централ-Парке не ночуют бездомные и не бесчинствуют подростки, но прогуливаются возлюбленные вудиалленовского «Манхэттена» и тот же Холден меланхолично гадает, куда исчезают утки зимой, когда замерзает озеро.

– А вот то самое озеро, где Холден... – сказала вам девушка-возница во время полночной поездки по Централ-Парку летом 1978-го. – А вот, – и она указала на высокий дом на западной стороне, – знаменитая «Дакота», где живет Леннон и где снимали «Ребенок Розмари».

Два года спустя Марк Дейвид Чэпмен оставил на мокром асфальте у входа в «Дакоту» помятую книжку «Над пропастью во ржи». Так две цитаты, перечеркнув друг друга, сплелись, чудовищным образом, в одну. Так город навсегда лишился привкуса цитатности, став раскавыченным, твоим.

Город, несчастья которого – твои, – уже не цитата.

2.

Первая работа: издательство «Doubleday». Паковал книги, рукописи. Первые отправлял рецензентам, вторые – авторам, с припиской «Спасибо, не надо», или: «Написано неплохо. Спасибо, не надо».

Первые радости: по средам распродажа книг для сотрудников. В твердой обложке – «квотер», в мягкой – «дайм».

Первые встречи: в коридоре с Жаклин Онассис. Немолодая, но еще очень ничего. Работала редактором. В очереди в кафетерии пристроился за взлохмаченным дядечкой с гончаровскими бакенбардами. Оказался Азимовым. Тоже приятно.

Во время ланча бегал на peep-show. Липкий пол, резиновые члены, влагалища фантастических пропорций, запах хлорки и спермы. Солидные господа в серых костюмах листают иллюстрированные журналы, потом заходят в кабинки и под стрекотание проектора разбрызгивают пожилое свое семя. Дешево (за три раза по 25 центов можно уложиться) и сердито (еще капает, но пора выходить).

Появилась девушка. Теперь у вас ланч вместе. Поцелуи, бутерброды. Толстых голубей у библиотеки вы называете «торчками»: в парке рядом продают все, что душе угодно, и голубям тоже иногда перепадает. Однажды и ты не устоял. Весь день паковал потом спустя рукава.

Познакомились вы во время «блэкаута» (аварии энергосистемы). В тот день жара была градусов 100, и у «Con Edison'a» сдали нервы.

3.

Ты сидел в прохладном кинотеатрике на 42-й и 7-й и пытался нащупать сюжетную канву фильма Pop My Cherry, Dirty Harry. Ты опоздал: минут пять топтался у входа, не мог решиться купить билет у старушки в окне с надписью «air-conditioned». Обычно в окошке сидел заплывший жиром бритоголовый дядечка в кожаной куртке или тощий подросток-негр, и вдруг – пожилая приличная дама.

Неожиданно пуэрториканского вида паренек с папкой подмышкой ускорил ход событий. Паренек пробегал мимо, и чтобы раззадорить женщину – в кино он явно не собирался, – остановился на секунду и звонко, как-то по-бойскаутски спросил:

– А там что – е...я, бабушка?

– Е...я, сынок, ой, е...я! – ответила ему в тон старушка и озорно причмокнула.

Пуэрториканский юноша хохотнул и побежал дальше, а ты решительно приблизился к кассе и протянул женщине четыре доллара.

Сел ты где-то посередине – равноудаленный от задних рядов, где молодые пары помогали друг другу сопереживать героям на экране, – и от передних, где люди пенсионного возраста с этой задачей справлялись своими силами. Нехитрую эту тактику – выбор места – ты освоил без труда, поскольку первые полгода в Нью-Йорке, кроме порнухи, не смотрел ничего.

Вдруг стоны извивающихся актрис растянулись и поплыли, будто в самый неподходящий момент им пришла в голову мысль блевануть друг другу в рот. Свет на экране погас, однако в зале его не включили, а на улице взвыли сирены пожарных машин. Ты даже на секунду подумал, что началась война.

Чуть погодя, в очереди к кассе ты успокоился, услышав слово «блэкаут», чередуемое с «лайтс аут». «Лайтс аут» ты уже знал, а «блэкаут», судя по всему, было чем-то семантически близким. Да и не раздавала бы старушка-кассирша билеты всем желающим досмотреть историю любви санфрансисского мотоциклиста Гарри и трех медсестер-нудисток, если б и впрямь началась война.

Суматоха на улице была из ряда вон. Слышался звон разбитого стекла. Где-то вдали горела тележка с хот-догами. Возгласы: «Loose joints, check 'em out!» раздавались громче обычного. Люди парами и в одиночку перебегали улицу с предметами разных габаритов, в которых угадывались: телевизоры, небольшие стиральные машины, лампы, пылесосы. Значит, верила криминальная прослойка и временно примкнувшие к ней любители бесплатной бытовой техники, что электричество вернется и жизнь нормализуется.

Через неделю газеты сравнивали ущерб, нанесенный городу в те дни, с ущербом в результате «блэкаута» десятилетней давности. И оказалось, что десять лет назад все было относительно спокойно, и ты сказал ей: неужели всем тогда жилось настолько лучше, чем сейчас, неужели так народ за это время распустился. А она сказала: вчера всегда намного лучше, чем сегодня, даже если спать при свете. И еще она сказала: светлое будущее – это светлое настоящее минус расходы на электричество, а ты подумал: шизанутая, но симпатичная.

Заметил ты ее в сабвее. Там было так же душно, как на улице, но только там и был свет.

4.

Ваша личная жизнь протекала тоже большей частью в кино. Сначала вы по разным закоулкам тискались, и ты уже залезал к ней под блузку, как к себе домой, но она говорила, что это у вас все по-детски как-то, и так вы толком никогда не трахнетесь. Это слово покоробило. У вас в городе так не говорили. Говорили: пилиться, хариться. Последнее было вульгарно, но вульгарность ты предпочитал обыденности. «Трахаться» было обыденно. Но эта же обыденность и привлекала. Привлекала ее раскованность. Но если нет машины, а дома предки, то где тогда?

На «Звездных войнах» не вышло из-за шумных спецэффектов и визжащих детей. Ни те и ни другие не располагали. На дилановском «Рейнальдо и Клара» в «Waverly» сиденья оказались неудобными, да и фильм непонятный какой-то, поди разбери, кто там Рейнальдо, кто Клара. И наконец: о, желанный миг! в «Bleecker Cinema», изловчившись, чуть ли не на корточках, она довела тебя до белого каления на «Конформисте», и ты беззвучно кончил в ведерко для попкорна во время знаменитой сцены в лесу. Сцена поразила тебя своей театральностью, чуть ли не оперностью какой-то. Ты ей потом в фалафельной напротив рассказал всё в лицах. «Ух ты!» – ей пересказ понравился, но не понравилось, что она столько пропустила. «А разве ты свой кайф не поимела?» – «Да как тебе сказать… – неопределенный жест. – Лежа как-то демократичней выходит». «Лежа – это надо, чтоб было, где лечь, – сказал ты. – Аренду потянем?» Она повторила жест.

Квартиру искали долго, все было дорого. Бруклин ей не нравился. «Бруклин – значит, навсегда остаться эмигрантом», – говорила она. Нашли агента в Джексон-Хайтс, хотели натянуть его, но вышло наоборот: подсунул нечто очень темное (хотя, когда смотрели, казалось светлым), дороже, чем планировали, и ко всему – над дайнером: дым от гамбургеров мешал смотреть телевизор, окна не выходили никуда. Буквально никуда: на новоселье после секса на чемоданах, с третьей попытки тебе удалось открыть окно и... ты ничего не увидел. В глазах был сплошной кирпич, и очень хотелось пить.

1998

Две сестры

На минуту оглянитесь по сторонам, осмотритесь вокруг, и вы сразу поймете, что жизнь далеко не абсурдна. Напротив, жизнь имеет смысл. Я даже готов утверждать, что абсурдны те, кто полагает, что жизнь абсурдна. Да, это именно они абсурдны, а не жизнь. История, которую мне поведал мой покойный друг Тим О., шахматист, ловелас, любитель кубинской музыки и хорошо выпить, вполне может явиться иллюстрацией вышесказанному.

Две сестры, одна на Ист-Сайд, другая на Вест, проживали в Нью-Йорке в конце 80-х, две красотки-барышни: пышнотелые, розовощекие, натуральные блондинки, модницы, умницы, хохотушки-насмешницы, а танцевали они как – и шимми, и диско, и джиттербаг, и даже слэмом не брезговали в «Туннеле» под утро, а стойку на руках какую делали, а бойкие на язык до чего! Одна из них лобстерсов обожала до крайности (лобстеров, поправляла ее сестра), другая – польские кевбасы (колбасы, поправляла ее сестра). Мужской пол был от них без ума: распрямлялся по стойке смирно, подрагивал ноздрями, дергался невпопад, присвистывал на желтый, пел без партитуры, предлагал услуги в спортзале – гантелю, скажем, поднести или полотенцем помочь, куда не сразу дотянешься. Красотки наши знаки внимания принимали с охотою, легонько краснели для приличия, но задом вертели исключительно вхолостую – воспитание у них было строгое, одиночество и сексуальные запросы были для них недостаточными еще основаниями для того, чтобы вступать в беспорядочные контакты с разными малоинтересными козлами, от которых, извините, запашенца, невзирая на душ. И хотя одна из них работала в эскорт-сервисе (так сложилось у нее), а другая была полунищей художницей, обе, в одинаковой степени, и отнюдь не понаслышке, знали эмо-

11

циональную нужду и обе, каждая по-своему, не любили мужиков.

Так первая и говорила второй за праздничным обедом однажды в апреле:

– Не люблю мужиков. Не люблю. От них, даже от самых чистоплотных, непременно исходит запах сточных вод. И я не утрирую. Вот он безукоризненно выбрит, и волосы его зачесаны назад, вот он спешит на службу, мысленно улыбаясь предстоящей зарплате, и костюм у него, и рубашка, и галстук – братья Брукс не подточат носу, однако сортиром разит от него – караул кричи, курящий он или недавно бросил. А клиенты – это вообще нечто. Разденутся, разуются – святых выноси ногами вперед. Нет уж, я решила: муж мне и на фиг не нужен. Я себя прокормлю, пока силы есть. А не смогу работать – куплю пай в эскорт-сервисе. А ребенка захочу – есть способы, и не один. А с жидким стулом жить под одной крышей и мило улыбаться ему за обедом – это, прости меня, натуральное извращение. Я так полагаю. Ты ешь, богемка. Или, может, я тебе аппетит своими сентенциями отбила?

– Да нет, – отвечала ей сестра-художница меланхолично. – Ничего ты мне не отбила. Ты ведь знаешь, я сама от них не в восторге. Вот у нас модель появилась в студии, Тим. Ну там, татуировки смешные, проколот повсюду, атрибуты налицо, трицепс на трицепсе. Короче, стал на кофе звать. Я: ага, разбежалась. Он настаивает, я ни в какую. Тогда он позировать с фокусами решил. То этим шевельнет, то тем. Сосредоточиться нет никакой возможности. Чистой воды саботаж. А ведь нас четверо в студии: Дэн, две бабы и ваша покорная. И все, кроме меня, сплошные концептуалисты, а одна из баб почти не видит ничего к тому же. Короче, им без разницы, шевелится у него там трицепс или нет. Это мне одной Бог наказал реалисткой быть. Это мне одной надо, чтоб он не двигался. Это для меня одной анатомия не пустой звук. Это я одна полагаю, что человек, как объект репрезентации, еще кому-нибудь может быть интересен. Ну я и решила: кофе это ведь не обмен соками-водами еще, правильно? Согласилась. Пошли, значит, на кофе. В Вест-Вилледж.

– В «Ша-Ша» что ли?

– Нет, там новое открылось, рядом. Ну вот, садимся, трали-вали, ром-баба, макиато, кто родные, сам из Калифорнии, учился на актера, но что-то пока не очень. Я ему: так есть же коммершиалз, или там тоже рынок не ахти? И тут он мне вместо ответа: я хочу, чтоб ты мне сделала очень больно, я скажу где, и в каких ты будешь полуботинках и чулках, насто-ящая моя лизард-девочка, а потом как дети дошкольники будем, хорошо? Я аж поперхнулась. Какая к монахам лизард? Какие дошкольники? Я тебя не совсем понимаю, говорю. И тут он мне объясняет, чего он хочет. И прямо сейчас ему надо, он на Восьмой живет. Меня чуть не вытошнило. Вот тебе и свидание с молодым человеком.

– А чего он хотел-то? – заинтриговалась ее сестра. Все-таки она чаще сталкивалась с разными нестандартными просьбами клиентов, и профессиональная этика вынужда-ла ее идти им навстречу за дополнительную плату.

– Да не могу я за столом, противно это. Выскочила из кафе, бегу по Хадсон, на улице дождь, зонта нет, точнее, зонт есть, но поломанный, открыть его я просто не в состоянии. Ливень! А он за мной бежать, ну, он парень спортивный, до-гнал у Бэнк, стал лапать, я отбиваюсь, он целоваться лезет, я заорала и зонтом по мозгам его, по мозгам его! Тогда он достает из рюкзака гигантский, ну ты понимаешь, короче, кругом лужи, затащил в подъезд, спешиалз у них ничего, приносят лобстерсов, не снимай, я так, сервировка, конечно, далеко не «Шантерель», но я девушка скромная, попросила сачок для эмоц. баланса, и это без дискурсивной разработ-ки-то! ну, решили без полиции, голыми руками, счет пополам, я взяла данные, небольшая вмятина сзади и крыло, могло быть хуже, если б с ремнями. А светофоры для кого, для Хай-нера Мюллера?

– Лобстеров, – поправила ее сестра. Вот дурацкая при-вычка постоянно всех поправлять и поучать, и далеко не всегда к месту! Ее и клиенты за это не всегда лежа просят.

– Кевбасы. Не люблю. Ведь родители нам (а родители им) всегда запрещали и никогда не позволяли, генетический баланс должен быть соблюден в точности, в страхе держали, говорили как с равными, какая марихуана? пиво – и то по большим праздникам. ЛСД пару раз на День Независимости. И это в разнузданные-то. Однажды на Рождество привели домой хромого юношу-поэта. Ну, юноша как юноша. Прыщи, свитер, ранний Джармуш, Лиотар, Майк Келли. Хромал только.

– Колбасы! Не лобстерсы.

– Что там по ящику?

– «Сточные воды», Сайнфелд и др.

– И все же я полагаю, что человек как объект репрезентации, так скоро исчезнуть не должен.

– Не репрезентации, а познания, сладкая.

– А не все ли равно?

– Не все ли. И начинать придется с себя.

– Ну, не с тебя же! Тоже мне, Сократ твою маму.

– Тогда и твою! Тогда и твою! И твою!

И тут сестры очень развеселились, и кружились они, и кружились, взявшись за руки, вкруг стола, стол-то невелик был, на двух персон накрыт всего, потом брейк-дэнсинг попробовали под Стинга вполсилы, так на полу и заснули, сестры-хохотушки, насмешницы, ресницы, мочки ушек, полуоткрытые темно-малиновые рты, белые зубы, бойкие язычки, бедра-бедра, а вот ведь не вполне счастливы.

А на Ист-Сайд или на Вест-Сайд это все происходило – покойный Тим О. так мне и не сообщил. Он вообще скрытный малый был. Умер, кстати, на съемках телесериала о рыбаках Лонг-Айленда. Роль у него там небольшая, но сыграна на совесть. Одна сцена запомнилась. Крупным планом: его лицо, в глазах – не то восторг, не то испуг. Камера отъезжает: он держится за грудь, медленно садится на камень, задумывается о чем-то своем... Очень реалистично.

2000

Летом на даче

Одно потянет за собой артачащееся другое, а иначе и не бывает оно, так много лет спустя седеющему путнику, вернувшемуся восвояси, – а там и пусто, и только бродят среди старых голых лип табунчики беременных кошек – обернется скатертью-самобранкой живых картин несовершенного прошлого обычный, грубой работы сервант или того хуже – стол, за которым сиживало летними вечерами целое семейство: совсем еще юный путник, его отец, только-только с работы, пропахший пылью и помидорами, готовые внимать историям отца о производственных битвах родственники жены – благодарные слушатели, поддакивающие особенно ретиво, особенно после второй, тем паче, что жаркое сегодня вышло мировое, чудо что за жаркое, а все потому, что казан волшебный и мясо не прилипает и не пригорает мясо, в пижамных брюках, светлом пиджаке и парусиновых туфлях, чищеных зубным порошком, разведенном на молоке, не успевший еще переодеться дядя, ему под восемьдесят или за, и он почему-то – хоть убей – не седеет, лысеет – да, но не седеет, и сие есть тайна великая. И мама. Молодая, умная, загорелая, в халате. У мамы отпуск. Мама с утра на пляже, иногда на базаре, а потом на пляже: клубника, черешня, смородина, когда витамины, как не летом, а шелковица у них и так растет. Дяде тоже есть что рассказать, начало месяца, был в городе, одиссея за пенсией, рассказ обстоятельный, подробней, чем у отца, – у отца сезон второй месяц, а у дяди пенсия раз в месяц, трамвай, скандал на конечной, там женщина на задней площадке кричала, что, мол, Гитлера Сан Сергеича на вас, дармоедов носатых, нету, ну ничего, – отольются мышкам кошкины слюнки. Так навозные мухи за сутки суматошной жизни обрастают липкими крошками, так бегут они карательных мер мухобоек, так чистят спазматические лапки на скатерти – задние, потом передние, потом снова задние, так жужжат они что твой перпетуум мобиле у мусорной ямы, там их две, одна возле уборной, и это громко сказано: уборной – халабуды с дырками для большой нужды, а под нею, под халабудой, притаился сам-друг продукт большой нужды и ждет не дождется рандеву с кишкой ассенизатора, а вторая – там, где с утра до вечера глинка-шостакович, там, где дача первой скрипки Давида Батьковича с оттопыренной нижней губой и глазом-стеклярусом, отмеченного синяками, государственной премией и гастрольной поездкой в дружественную Польшу, откуда привез он сервиз на двенадцать персон и шубу из куницы для красавицы-жены Лионеллы, которая бьет его, неблагодарная, смертным боем. Сидит-сидит себе на веранде и вдруг как пизданет его ни за что, просто, чтоб боялся ее как огня.

Враг моих врагов – мой друг, говорит дедушка, смеется дедушка, плачет недавно овдовевший дедушка и протягивает – тогда еще даже не путнику, а ведущему довольно оседлый образ жизни – молодому человеку плитку шоколада. А в прошлый раз, еще когда с бабушкой приезжал, книгу надписал о шахматах: внуку Виталику, на добрую память, желаю играть лучше дедушки и не хуже Ботвинника, – и вы знаете, первое оказалось много легче осуществимо, чем второе.

…И вот, через небольшой промежуток времени туфли эти дядины назовут говноступами и жизнь эту назовут говняной, и хлам этот порекомендуют выкинуть в форточку, которых здесь на западе нет и быть не может, все они на востоке остались. Так куда же это все выкидывать тогда? Вот вам и вопрос в ответ на другой вопрос, некорректный – восток Россия или запад она, и если восток, то чем же это? Форточками восток Россия, скифские вы морды с раскосыми и жадными до чужого добра глазами; неизбывностью окон восток Россия, открытых на одну восьмую; робостью жеста, двусмысленностью посыла восток Россия: открыть, но ненадолго, захлопнуть, но не до конца.

А сейчас? Жизнь в доме, где поселились сплошные бывшие знаменитости, и даже швейцар, если верить лифтеру, был в свое время фокусником не без имени – это ли не счастье в последней инстанции? Это ли не то, ради чего ехалось и врасталось, терялось и вживалось, это ли не тюрьма народов в одном, отдельно взятом, поставленном на попа, пенале? И вот, он, лилово-ливрейный, вместо того, чтобы помочь с чемоданом из Сент-Барта или пакетами из «Д'Агустино», женщину пополам распилить норовит – и лучшую половину вам всучить. Что ж, с ней так и гулять, так и представлять случайным знакомым: вот она, моя лучшая половина? Как, где вторая? Вторая, та, что похуже, – та дома, с детьми.

2002

Крайняя плоть

После долгого перерыва снова берусь за перо, а избавиться от ощущения будто кто-то об этом уже писал где-то – не могу. Утверждать не берусь, но очень может быть, что даже я сам. Однако где и когда – сказать затрудняюсь. Не думаю, что до 1983 года, поскольку писать начал в мае 1983 года, то есть, ровно шестнадцать лет назад. Нет, вру. Писал и до 1983 года, но исключительно стихи, а это, во-первых, не серьезно, а во-вторых, для меня лично имело скорее терапевтическое, нежели какое иное значение. Дело в том, что в тот период я довольно болезненно переживал разрыв с одной особой двадцати четырех лет, с родинкой на шее, и изливал свои эмоции в совершенно нелепых стихах, один из которых приведу здесь по памяти для примера:

Человек средних лет рубит жинку свою топором,
Его сердце бьется от стука.
Он кричит: «Ах ты, сука!»
Жена же падает в крови вчетвером.

В этом месте мои немногочисленные слушатели неизменно перебивали меня вопросом: «А как это – вчетвером?», ну а я объяснял им терпеливо, что жена в стихотворении была разрублена на четыре части.

Эта страшная картина у меня в голове.
Я ли ее выдумал, Шопенгауэр ли – второстепенно.
Бурчит себе что-то под нос человек,
Мысли одна за другой, как у Пруста – попеременно.

Причем тут Пруст, не говоря уже о Шопенгауэре, не спрашивайте – я же сказал, что все это было несерьезно. Ну и, наконец, в финале – неуклюжая вариация на давно уже всем приевшуюся тему Exegi monumentum:

Пруст-шмуст, «Решерше там пердю» и т.д.
А на кой? Все ж забудется и сгорит в кострах.
Только я один – туда-сюда, кое-где
Буду жить в отдельных местах.

Таким образом, можно смело утверждать, что серьезно я стал писать только в 1983 году, и поэтому боюсь, что черновик истории, о которой пойдет речь дальше, все-таки был мною потерян, поскольку в 1985 году я переезжал в другой штат на – так мне казалось – постоянное место жительства и при переезде не досчитался двух ящиков: в одном была посуда, купленная на распродаже в магазине «Мейсис», что в Сан-Франциско, на Юнион-Сквер, а в другом – белье и рукописи. Ну, кое-какую посуду я докупил уже здесь, в Нью-Йорке, в магазине «Конран», что на 3-й авеню, а белье и рукописи жалко.

Но даже если рукопись истории, которая произошла с моим другом П.Л. и не была утеряна, то переворошив все свои бумаги раз пять, не меньше, я окончательно прихожу к выводу, что рукописи этой у меня нет.

Итак, заканчивая это объяснение, быть может и излишнее, считаю все же необходимым сказать вот что: даже если я и писал где-то об этом, то рукопись этой истории, на мой взгляд занимательной, если и не затерялась при переезде, то, вероятно, была мною уничтожена. Почему я так поступил? Точно не знаю. Могу лишь предполагать. Дело в том, что сперва я относился к своей прозе гораздо более требовательно, чем сейчас. Писал со скрипом. Называйте это как хотите: самодисциплиной, неуверенностью в себе, слишком активной работой левого полушария головного мозга – как хотите, так это и называйте. Сейчас пишу намного легче, не боюсь ничего, знаю, что сколько мне таланта отпущено, столько и отпущено, и за то большое спасибо. В великие не лезу, над каждой строкой не трясусь – как пишется, так и пишется. Даже если грубость где проскользнет или чувство меры и приличия вдруг изменит – не вычеркиваю ничего, а оставляю неприличное место у всех на виду, ибо писатель, что хочу, то и описываю, даже если оно и неблаговидно, а то и мерзко. Ведь и у вас, читатели и читательницы, есть нечто похожее, и я даже могу сказать, где именно. Не может быть, чтобы не было – у всех есть. Так что глазами эти места не пробегайте: это природа, это жизнь, это болит после операции.

И последнее: даже если и не писал я ничего подобного и, стало быть, не терял и не уничтожал никогда, а пишу это все впервые, в чем сомневаюсь, то могу высказать вот какую догадку: кажется мне, что нечто подобное я уже писал однажды, оттого, наверное, что вынашивал эту историю долго – так долго, что кажется мне, будто все это я уже писал однажды.

Хотя прочитать об этом – не об операции, а о треугольнике, поскольку с него все началось и им же все завершилось, – можно было бы у того же Проспера Мериме: один маркиз, фамилию его сейчас не припомню, был по уши влюблен в свою супругу, а она, видите ли, воспылала страстью к одному кавалеристу на племенном жеребце. Сюжет тривиальный, но краски на холст французом наложены бойко, персонажи выписаны мастерски, в этом ему, Мериме, не откажешь.

В кино эту тему неплохо, по-моему, разрабатывал англичанин А. Хичкок. В одной его ленте, не помню названия, Ингрид Бергман вскружила голову и впоследствии вышла замуж за одного слабовольного нациста, а Кэри Грант, в роли американского разведчика, руководил всей этой операцией. Естественно, что и сам Грант тоже в конце концов не смог устоять против чар Бергман, и ситуация в результате возникла довольно щекотливая, особенно когда выяснилось, что у себя в подвале нацист хранил в бутылках из-под вина не что-нибудь, а урановую руду.

Таким образом, становится понятно, что не я классический треугольник придумал, не мне за него отвечать. Герой же моего рассказа П.Л. познал свойства этой геометрической фигуры довольно рано, а затем и сам стал, можно сказать, во главе ее угла. Дело в том, что когда-то, еще до Нью-Йорка, он жил в Одессе, на улице К. Либкнехта, и встречался с одной симпатичной девочкой из приличной семьи. Их родные дружили домами. Более того, папа девочки был увлечен мамой П.Л. И она ему отвечала взаимностью. Как-то они вместе завтракали, а потом вместе же легли под стол. Это было около двенадцати. Вдруг в прихожей послышались шаги. Мама П.Л. проворно встала из-под стола и стала поправлять прическу, а папа девочки быстрым шагом направился в ванную освежиться. Тут в комнату вошел папа П.Л. Их в тот день отпустили раньше со службы в связи со смертью начальника. Он подозрительно взглянул на жену, несколько раз громко втянул носом воздух, а потом решительно последовал в ванную. Боже, что тут началось! Какой Мериме, тут уж соседям милицию пришлось к ним вызывать...

Стоит ли объяснять, что в результате этой истории мама П.Л. разошлась с мужем, папа девочки разошелся с женой, а сам П.Л. порвал свои отношения с девочкой? Думаю, что не надо.

Через год после этого случая П.Л. оказался в Нью-Йорке. Ах, Соединенные ж вы Штаты, родина картофеля! Господи, сколько тут все-таки разнообразнейших консервов в магазинах! А автомобили какие тут! «Форд ЛТД», «Бьюик Лесабр», «Форд Мустанг»... Нет, всех их не перечислить, глупая это затея.

Мы познакомились с П.Л. в Квинс-колледже, где той весной слушали курс по истории искусств. Были мы однолетки, из одного города, одинаково растерянные, чтобы не сказать потерянные, в новой стране, вдали от старых друзей. Сошлись мы с ним довольно быстро и вцепились друг в дружку, как двое утопающих, каждый из которых полагает, что другой – более опытный пловец. Да, были мы неразлучны: вместе готовились к тестам, вместе бегали вечерами на Таймс-сквер удовлетворять юношеское любопытство в кинотеатриках на 42-й Стрит, вместе обедали в перерывах между лекциями.

Однажды сидим в буфете и доедаем наши сэндвичи с ветчиной и сыром, как вдруг П.Л. решил разоткровенничаться.

– Ты скажешь, поторопился, наверное, – начал он. – Ты ведь осторожней меня. Ты б, я думаю, не торопился. А я поторопился. Никогда толком не знал: еще разок Рильке декламировать или уже можно шептать: «Сними лифчик, глупенькая, я не кусаюсь». А тут поторопился и сказал эти слова. Нет, не «что вы делаете сегодня вечером?» – это было бы еще в порядке вещей...

Итак, она была врач с дырками в шерстяных носках. Это я потом выяснил. Длиннонога, голубоглаза, хирург. Я лежал перед ней как на ладони, и она уже кончала меня штопать. Я был, правда, под местным, но в голове у меня гудело как под общим. Через две недели, когда я декламировал Рильке у нее дома на Амстердам и 78-й, она призналась, что в операционной решила, будто я ей подмигиваю. Вечно из-за моего тика у меня осложнения. Ей очень шла маска, ну а мне – кислород. Обрезанием я остался доволен, вот только мочиться первое время трудно было. Обрезание. Слово до чего ж емкое. Она на Онассис была похожа. Нет, не на Жаклин. На мать миллионера. В общем не красавица, но жутко породистая. Даже когда прошел наркоз, я не раскаялся в сказанном. А сказал я вот что. Нет, рано еще. Сначала – предыстория.

Я, как тебе известно, вечерами таксистом ишачу, так? Под ногтями у меня нехорошо, это есть, но лошадку свою после каждой смены пылесосю исправно. Мой напарник тоже парень аккуратный. Среди индусов попадаются очень чистоплотные. Я его Джо зову, хотя настоящее имя его не Джо, но я не могу его выговорить, я уже пробовал, Рахтанахбапал Сингх, не Рахтанахбапал Сингх, ну не могу я его выговорить, и все тут. Поэтому я его Джо зову. Он не обижается, ну и я не обижаюсь, он ведь и меня не Павлом зовет, как матушка нарекла, а тоже Джо, так ему легче. Короче, у нас с Джо общая тачка, он на дневной смене, я на ночной, а хозяин такси – один израильтянин, Иегуда Шлома, не помню как его дальше, что-то там типа Бенвнир, но только не Бенвнир. Ну, не помню я. Так вот, мы его с моим индусом тоже Джо стали называть, но не в глаза – он очень вспыльчив – а за глаза. Зачем нам с Джо нарываться?

Теперь – как я решился на обрезание. Меня на это дело Джо подбил, но не индус, а израильтянин, и даже не столько он, сколько одна подруга из Харькова, они здесь два года уже. Джо-израильтянин меня давно доставал: что я за еврей такой – и в синагоге не бываю, и за Израиль не болею, и в Бога не очень верю и так далее. А прошлым летом встречался я с одной религиозной харьковчанкой. И вот, как-то в субботу, у кого-то на дне рождения, она, взяв, в рот мой член, насторожилась: «Хм, ты что, Павел, необрезанный?» «С какой это радости?» – пожал плечами я и снова предложил ей свой орган. Она заупрямилась, надела трусы и сказала с чувством: «Павел, мы – евреи. Крайняя плоть – не про нас». «Ах ты, пизда маринованная! – расстроился я. – Что ж ты мне, такая-сякая, весь кайф ломаешь?» «Закрой ебало, Паша, – бросила она. – Сделаешь обрезание – звони, не сделаешь – сам у себя отсасывай...»

Тут в комнату заглянули гости именинника, и я счел нужным беседу нашу прервать.

На следующий день я спросил у Джо-израильтянина, где здесь делают обрезания подешевле. «Наконец-то!» – расцвел он и бросился меня обнимать, а потом добавил что-то на иврите. Оказалось, что есть места, где их делают вообще бесплатно. Я взял у него телефон больницы и договорился с ними, кажется, на четверг, Джо-индус вызвался меня подвезти. Я предложил ему заплатить за простой, но от денег он отказался и даже пообещал забрать меня после операции. «Не имей сто рублей, а имей сто друзей», – сказал я ему по-русски, потом сделал вольный перевод на английский, и он оживленно закивал. Оказалось, что на хинди есть аналогичная поговорка.

В четверг утром мы подъехали в Бенсонхерст, оставили нашу тачку на стоянке при больнице и, захватив счетчик, направились к серому четырехэтажному зданию.

«Что вас беспокоит?» – спросили меня в приемной.

«Крайняя плоть», – ответил я и стал заполнять анкету.

В приемной сидело человек шесть: мальчуган лет восьми с заплаканными глазами, его родители, о чем-то раздраженно спорящие, старик с бабочкой и в белоснежных теннисных тапочках на босу ногу, толстый неопрятный юноша с книжкой раннего Пинчона в руках, и еще кто-то. Джо-индус посидел со мной минут пять для приличия, а затем удалился, напоследок пожелав мне удачи и посоветовав следить, чтобы слишком много не отрезали.

«Что там вообще резать?» – вяло ответил я. Предстоящая операция мало-помалу начинала меня беспокоить. Однако, как пролетел час с небольшим и подошла моя очередь – я даже не заметил. Уж очень я увлекся беседой со стариком в тапках. Он оказался уличным фокусником с сорокапятилетним стажем, и там же, в приемной, вызвался развлекать нас такими фокусами, каких мне и в цирке не доводилось видеть. Начал он с обычных исчезающих и появляющихся непонятно откуда шелковых платочков, которые оказывались то связанными, то развязанными, а закончил он вот как: попросил родителей мальчугана связать три платка в один узел, затем запихал эти платки себе в рот, а потом жестами стал просить мальчика расстегнуть ему ширинку, и когда тот, смущаясь, согласился, старик осторожно достал из своих штанов серого голубка. Испуганная птаха сделала два-три круга под потолком приемной, к неудовольствию юноши уронила несколько капель на раннего Пинчона, и наконец, уселась на плечо фокусника. Причем никаких платков во рту у него к тому моменту уже не было. Мы все дружно зааплодировали старику, он несколько раз поклонился, после чего застегнул ширинку, сел на место и завел со мной неторопливый разговор о законах сохранения материи. Оказалось, что фокусник всерьез их не воспринимал. Сначала я пытался вежливо возражать, потом стал немного горячиться и даже пробовал ссылаться на своего отчима, который когда-то преподавал физику в средней школе – мама вышла за него незадолго до нашего отъезда. «А чем твой отчим занимается сейчас?» – полюбопытствовал старик. «У него свой бизнес», – ответил я. «Какой, если не секрет?» – «Не секрет, конечно. Сосиски продает на углу Лексингтон и 41-й» – «Вопросов больше не имею», – самодовольно улыбнулся старик. Я уже хотел было спросить, как это следует понимать и причем тут сохранение материи, но в этот момент дверь отворилась и в операционную пригласили меня.

Не хочу тебя шокировать подробным описанием операции, не буду заострять твое внимание ни на моем окровавленном половом органе, ни на каком-то, я бы даже сказал, мазохистском любопытстве, с которым я наблюдал за точными движениями хирурга. Перейду лучше сразу к тем словам, что слетели с моих пересохших губ и поразили воображение молодого врача. Вот они: «Простите, – сказал я, – я знаю, что моя просьба может показаться вам несколько странной, но не моли бы вы вернуть мне на память после операции, то есть, после благополучного ее исхода, мою крайнюю плоть?» Лиза, так звали хирурга, чуть не выронила скальпель. Голубые глаза ее округлились. «Вы не ослышались, – продолжал я, – мне очень хотелось бы сохранить хоть что-нибудь на память о нашей сегодняшней встрече». Она ничего не ответила; не знаю даже, улыбнулась ли она – маска скрывала нижнюю часть ее лица.

Операция окончилась. Ассистент Лизы дал мне выпить полстакана красного вина «Манишевиц», сказал что-то на идиш и похлопал по плечу.

Часа два я приходил в себя в палате под крики и плач того самого мальчугана, что помогал фокуснику – его оперировали до меня. Когда прошел наркоз, у меня началась такая боль, что я уже не рад был, что живу, что приехал в эту страну, что меня не обрезали на седьмой день, как всех порядочных евреев, что харьковчанка моя оказалась такой привередливой и т.д. и т.п. Еще через полчаса в палату заглянул Джо-индус. Он помог мне встать с кровати, одеться и, поддерживая под руку, медленно повел к выходу, приговаривая: «Так, Джо, хорошо, Джо, еще чуть-чуть, Джо»… В приемной меня уже ждала симпатичная сестра-негритянка с небольшой баночкой в руках. В баночке я увидел свою бывшую крайнюю плоть, плавающую в мутноватом растворе. Она походила на водоросли или какое-то диковинное морское существо. Я поблагодарил сестру.

Такси, к моему облегчению, ждало меня прямо у входа в больницу. За рулем сидел Джо-израильтянин. Заметив нас с Джо-индусом, он выскочил из машины и помог мне вползти на заднее сиденье.

По дороге домой в Квинс я просто не мог оторваться от содержимого баночки. Моя крайняя плоть теперь представлялась мне небольшим мозгом посланника внеземной цивилизации, и этот мозг, казалось, был готов сообщить мне нечто весьма существенное. Я даже, помнится, прижал баночку к уху в надежде получить какие-то важные сведения, но, увы, плоть молчала.

Мы уже сворачивали на Киссена-бульвар, как взгляд мой упал на крышку баночки. На ней было торопливо написано вот что: «Таких придурков я еще не оперировала. Позвони, когда почувствуешь себя лучше.» Дальше следовал номер домашнего телефона и подпись: доктор Лиза Льюис.

Что тебе сказать? Через четыре дня я снял бинты, еще через два снова сел за руль, а в субботу, набравшись духу, позвонил Лизе. Звонку моему она была рада, и мы договорились пообедать в японском ресторане на 46-й.

Она оказалась удивительно милым человеком, тактичным, образованным, очень любила поэзию, особенно Рильке. Просьба моя во время операции показалась ей настолько идиотской, что, по ее словам, она минут пять не могла прийти в себя, и от смеха у нее в самый неподходящий момент дрожали руки. Сам понимаешь, чем для меня это было чревато... Мы стали встречаться. Харьковчанке моей я не звонил, но к концу лета она объявилась сама и стала спрашивать, куда это я исчез. Я отвечал, что много работаю, а тут еще колледж, и времени у меня в обрез, но она и слышать ничего не хотела. Напросившись в гости, она сразу же взяла быка за рога: «Обрезание сделал?» Я стал отнекиваться, но она почему-то не поверила и потребовала доказательств. Я нехотя уступил. Уличив меня во лжи, она рассвирепела, стукнула кулаком по столу и стала требовать имя своей соперницы. Я отвечал, что соперницы у нее нет никакой, что после операции я избегаю общения, особенно с женщинами, особенно с такими, что приходят в гости и начинают стучать кулаками по мебели, и вообще, я сегодня ночью работаю, поэтому мне сейчас необходим отдых. «Понимаю», – сказала она, а затем, оглянувшись, резко поднялась со стула и стала ходить взад-вперед по комнате, будто что-то искала. Тут внимание ее привлекла баночка с моей крайней плотью, которую я, по неосмотрительности, оставил на пианино рядом с вазой из богемского стекла. Она схватила баночку, увидела надпись, сделанную Лизой в день операции, и залилась театральным хохотом. Я попросил ее поставить баночку на место и не устраивать концерты, но в ответ она высунула язык, потом, как будто этого было мало, показала мне фигу и выбежала из квартиры, хлопнув дверью.

Что было дальше? Где-то через неделю ко мне заходит Лиза и сообщает, что ей вот уже третий день подряд звонит какой-то мужчина и на ломаном английском грозится направить жалобу по месту работы и обвиняет ее в непрофессиональном поведении, в нарушении этических норм, и тому подобное. Я посоветовал Лизе не обращать на эти звонки внимания и сказал, что догадываюсь, кто стоит за всем этим.

«Как не обращать внимания? Звонят-то мне в первом часу ночи. И неприятности на работе мне ни к чему! Это безобразие должно быть прекращено!» – впервые за время нашего общения повысила голос Лиза, и я понял, что ее, человека сдержанного и уравновешенного, тут уж действительно достали.

На следующий день я уже был в Бронксе у своей бывшей харьковчанки и требовал, чтобы она оставила свои домогательства и не накручивала каких-то мужиков приставать по ночам к достойным людям, и отдала мою крайнюю плоть, и вообще, перестала дурью маяться. В ответ она стала грубить, чуть погодя расплакалась. Я стал утешать ее, похлопывать по плечу, она расплакалась еще сильнее.

«Боже мой, ну что ты нашла во мне, ну стоит ли из-за меня расстраиваться так? Посмотри на меня – ни кожи, ни рожи...» Неожиданно последний аргумент подействовал на девушку. Она взглянула на меня своими заплаканными глазами, всхлипнула разок, потом высморкалась в салфетку и, наконец, произнесла: «Ты прав. Кому ты такой сдался? Забирай свою шкурку – она в холодильнике – и катись к своей американской суке...»

Тут П.Л. прервал свой рассказ, поскольку мы и так уже несколько запаздывали на лекцию по истории искусства XX века. Извинившись, мы на цыпочках вошли в аудиторию, но лектор не обратил на нас внимания, настолько он был увлечен своей лекцией о Марселе Дюшане и его знаменитом «Фонтане», вызвавшем такой ажиотаж у парижской публики.

Чем закончилась эта история? Мой друг П.Л. женился на Лизе и вскоре они перебрались в Коннектикут, в дом, принадлежащий ее деду. П.Л. защитил диссертацию и недавно получил работу в престижном Колумбийском университете, где он сейчас читает курс «Негация автономности искусства и постулаты транс-постмодернизма». Джо-индус три года назад стал очередной жертвой своей опасной профессии: ночью при попытке ограбления он был застрелен в упор за рулем такси, которое незадолго до того выкупил у Джо-израильтянина. Сам израильтянин купил небольшой магазин деликатесов в Сохо, и бизнесом, вроде, доволен. Девушка из Харькова выучилась на программистку и сейчас заведует отделом в одном из нью-йоркских банков, а я вот уже третий год – сам не знаю почему – все откладываю свой визит к П.Л. и Лизе, несмотря на их настойчивые приглашения. Господи, ну когда уже затянутся мои раны от разрыва с той двадцатичетырехлетней особой с родинкой на шее? Когда я уже не только смогу спокойно и доброжелательно смотреть на чужое семейное счастье, но и начну подумывать о своем? В треугольнике ли, в ромбе, в квадрате – где угодно, элементом какой угодно фигуры дай стать мне. Сил нет больше торчать одиноким перпендикуляром к неизвестно чему, непонятно на кой, а главное, к какой плоскости я принадлежу и с какой пересекаюсь? В какой точке? Где она? Где эта точка, а?

1993

Картины жизни нездешней

1.

Захочешь забыть, да разве забудешь, как пару лет назад весь слабый пол стал комбинации носить вместо платьев? С кружевами, с бретельками, полупрозрачные – как забыть это все? Жанниванна, естественно, чуть ли не первая (из наших) разоблачилась. В «Распутине», у сына Вадьки Гитцеля на дне рождения, народ не сразу въехал. Один диспетчер-белорус, интересный, кстати, мужик, салфеткой пытался ей бюст прикрыть, чтобы не прыгал так во время макарены. Так она возьми и за палец зубами его. Вроде, в шутку, но вышло до крови, а с кровью какие шутки?

Ни от кого не секрет, что Жанниванна любила (и умела, тут одной любви мало, тут еще уметь надо) красиво и дорого одеваться. Ну, красиво – это ладно. Женщина – она и в эмиграции женщина. Но чтобы дорого? А на какие, извините, шиши дорого? Окститесь, Жанниванночка. Или выходите за дантиста. Но чтобы без студенческих долгов и мортгиджей желательно. Как где взять такого? Искать, давать объявления в газеты, я не знаю, где взять такого. Вам же надо – не мне.

Каждый ланч по распродажам как угорелая бегала, перекусить не успевала. Возвращалась в офис с пакетами, взмокшая вся. Я для нее пол-сэндвича всегда держал со «Спрайтом» про запас, чтобы не так у Жанниванны в животе урчало. Мне из-за стенки кубика все слышно было, как у нее урчит. От сэндвичей отказывалась. За фигурой слежу, говорила. Ишь ты, за фигурой.

2.

Жила с каким-то грязным типом, кажется, из Вильнюса. Нет, чтоб пойти, как все, на общих основаниях работать, так этот гений на дому поэму сочинял о том, как древние евреи Америку задолго до Колумба обнаружили, случайно сбившись с курса в поисках торгового пути в Святую Землю. Ну не кретин? Супруга его бросила пять лет назад, и правильно, по-моему, сделала, что бросила, – он у нее уже вот где сидел с профнепригодностью своей хронической. А Жанниванна жалостливой оказалась, ну и чтоб мужик под боком находился ей тоже важно было. Короче, она к нему в Форт-Ли с пожитками перебралась, чуть ли не сразу после третьего свиданья. Так Жанниванна извелась в тоске по счастью в самом основном.

3.

А этот Анатолий Пищеблок по выходным в «Трех сестрах» подрабатывал, в кондитерском отделе. А по викендам гуляет же народ, не мне вам объяснять – у одного бат-мицва у ребенка, у другого просто на душе хреново. Шашни с Аликом из обувного у нее, короче, сами вытанцовываться стали. Ну, Алик никому старался спуску не давать по мере сил, а тут такое, и само плывет в татуированные руки: всегда одна, всегда стройна, всегда подчеркнуто элегантна и крепка в бедрах, а балык на тарелку – и то положить некому. А кроме того, выдам аликин секрет один: у него на бывших ленинградок имелся своего рода фетиш неполноценности. Она его за туфли полюбила, выходит, а он ее за питерский прононс.

4.

Алик шнурками ее задаривал сначала, он с юмором был, одессит. Она же «Маноло Блаником» все больше интересовалась. О чем и намекала ему прозрачно и неоднократно. И вот случилось так, что между Сциллой поэтического безденежья и Харибдой пикников-шашлыков со жлобоватыми друзьями Алика, Жанниванна выбрала последнее. Выходит, она отдушину искала в «Саксе», ну и по молодости лет, опять же, в сексе. Хотя у нас как говорят? Котлеты отдельно, мухи отдельно, вот как у нас говорят, дорогая и незабвенная Жанниванна!

5.

Она и мне однажды предоставила счастливую возможность перси ей немного послюнявить после службы. Сладкие, большие, как кавуны, не сойти мне с этого места!.. У меня антошка враз воспрянул по такому торжественному случаю. Мой антошка-медалист. У него похвальный лист. Мой антошка выпускник, скоро будет спецьялист. Но мы с антошкой забегаем вперед. Тут ведь все по порядку надо, как в старину, когда собеседник, когда слушатель, когда читатель были во главе угла, но не критик, не зав. по распределению грантов и престижных премий, и не эксперт по легитимации текстов для повседневных нужд популяции. А то, что этот Пищеблок, замочил ее из-за угла после питерского балета на роликах, так он же псих был на всю лысину. И Ж. Ивановна сама отлично знала, что он припадочный. И нищий. И завистник. Поэтому можешь быть после работы. А бабки приноси домой, как все. Если не хочешь, чтоб твоя телка у каждого второго, извините, производила, вы уже поняли что, на почве материальной заинтересованности то есть. Я так понимаю.

6.

Вот что этот горе-Пищеблок втирал приемщице Буцефаловой Галине в начале мая, когда они с ней партию зефира в шоколаде поджидали у грузового лифта «Трех сестер»:

«Запретное-незапретное, Галочка, где грань эта, а ну-ка ответьте мне быстренько? Одно от другого не так-то легко отодрать. Помните, на этот счет у Осипа Эмильевича: попробуйте меня от века отодрать? Забыли? Тогда возьмите любую книгу, любое кино. А хоть для дошкольного возраста, мне без разницы. Гарри Поттер. Та же порнуха. Те же, в большей или меньшей степени актуализированные игры с вуайеризмом и скопофилией, и где, ну, скажемте, сцена, где герой, ну я не знаю, идет по длинному, сужающемуся коридору – это же не просто сцена, где герой идет по длинному сужающемуся коридору, а вы уже поняли, что это и куда он это идет, да?»

«Как вам не стыдно говорить такие вещи, Пищеблох? – краснела Буцефалова. – Я же все-таки старше вас. И женщина».

Он ей здорово успел надоесть своими глупыми сентенциями, она прямо не выдерживала от него.

7.

Жанниванна с Аликом, обливаясь потом, сосут друг друга. Это надо видеть. Она его головку под язык кладет, как витамин С, чтоб он там рассосался, но он там наоборот. А сама задом, козочка, на лицо его поудобней усаживается, на рябое, точь-в-точь как Некипелова на штрафную скамью в одноименном детективном кино про хоккей со шведами. Он языком ее на вкус пробует осторожно так. Ничего, вкусненько, ням-ням, вроде осетринки, но без душка, а с белым хренцем для пущей пикантности. Его дядя-мультипликатор мурлыкал ему в ранней молодости на ушко, усадив на колени и щекоча затылок: «Маленький хуек, Алька, – в пизде королек, заруби себе это». Алька и зарубил. У дяди премии были престижные. Дача в Пущино. Туда бомонд съезжался весь, чечеточники, Рыкунин на персональной «Волге», на пенсии уже. Маленький одессит Алик смущался чрезвычайно, чуть не плакал, подкоркой ощущая свою провинциальность и незначительность – все-таки Госцирк, полуслепой Румянцев-Карандаш с облезлой овчаркой, запах опилок и тройного одеколона. Дядя и Сталина рисовал в свое время, и Микояна. И дорисовался. Дружеские шаржи: друг детей, враг народа, свои люди – сочтемся, если не в этой жизни, то через одну – всенепременно.

8.

На смертном одре переполох вышел: наследство, веснушчатая аспирантка Шура, Саша Черный, полет шмеля, и эта осока, и эта весна, и это наша смена? Не дожить.

9.

Жанночкаиванна и Алик Постный скорым шагом приближаются к зданию театра, где сегодня дают «Красного Авеля» в постановке Б. Кичмана, чья труппа «Шалом с брегов Невы» вновь – уже в который раз – на гастролях в Нью-Йорке. Жанниванна облачена в темно-синие пух-и-перья от «Bebe»,

Алик в строгом костюме от «Армани» и контрастирующем свитере «Эмиграция как состояние души». Народу перед входом – тьма, весь цвет русскоязычной общины уже тут: показывая полудрагоценные коронки городу и миру, озорно хохочет неугомонная Фаина Пчелка, хозяйка «Славянской дыры». При ней ее новая пассия – ресторатор дядя Толя Хромой, тот самый дядя Толя, чей зять с легкой руки Черномырдина вывез из города Череповца бо́льшую часть города Череповца, за исключением недвижимости и нищих череповецких старух, а чуть поодаль – бывший гитарист новороссийского театра кукол, а ныне брокер, или, как в шутку его величает супруга Неля, владелица салона Little Nell's Nails, – шмокер Вениамин (Бенджи) Шпинозер. Шпинозер дымит ароматнейшей, размером с детородный орган небольшой лошади, сигарой и демонстрирует желающим новые дорогостоящие часы «Патек Филлип» с боем. О последнем его жена даже не догадывается.

Но вот раздается последний звонок, и завзятые балетоманы, вежливо работая локтями, устремляются в зал, где уже гаснет свет и медленно поднимается тяжелый занавес... На сцене – картины жизни нездешней. Евреи, сбившись с пути в поисках земли обетованной, перебирают сухими пальцами священные книги. Если не мы, то наши дети, рассуждают они в танце. А если не наши дети, то уже их дети. А если не их дети, – то их дети, а если не их, то их, или уже их, или их, или же их, или их дети, или ихние дети, или их, или их дети, или их. И так – до второго антракта.

2007

Пять легких пьес

I

Presto con espressione

Лысый дядечка с кислым землистого цвета лицом (здесь и далее: Фима Механик, папин товарищ и компаньон, у них в свое время была небольшая ремонтно-художественная мастерская в подвале на Чижикова, папа был специалистом по левым будильникам и чеканке, дядя Фима отмазывал хлопцев из ОБХСС, они неплохо торчали, особенно летом, но когда папочку все-таки взяли за шкирку, дело пришлось спустить на тормозах, так вот, дядя Фима Механик) имел как-то неосторожность при маме, пусть ей земля будет пухом, рафинированная была женщина! а как Брамса любила! а какая хозяйка! а как Пушкина знала! – мы с сострухой шутили, что мама даже десятую (сожженную) главу наизусть знает, – так вот, этот самый Механик, будь он трижды неладен, имел неосторожность при маме непочтительно отозваться о поэте Рождественском, мамочкином любимце. Речь, если не изменяет память, шла о пользовавшейся всенародной любовью песне «Свадьба». Особенно Финика (так мы с сострухой прозвали Механика, поскольку лицо его в самом деле было сморщенным, что твой финик) раздражали следующие две строчки из песни:

Только грянули гармошки что есть мочи
И руками развела тишина

Их-то он и пропел фальцетом, придурковато закатив глаза и вибрируя кадыком, а потом вовсю пошел глумиться над поэтом, имитируя его дефект речи, – что, на мой взгляд, было явным ударом ниже пояса, – и далее, используя обороты дореволюционного обвинителя, принялся расхаживать взад-вперед по нашей более чем скромной кухне, вертеть, как голодная канарейка, головой, и вопрошать, обращаясь к колонке АГВ и одновременно игриво позыркивая на маму, насколько вообще правомерно употребление, а не лучше ли будет сказать: *злоупотребление*, этим, прости Господи, служителем муз персонификации (а точнее, персонификаци*ей*) тишины в к-контексте деревенской тематики, ну е-мое, ну хватит уже, ты заткнешь свой хавальник или тебе помочь, ты думаешь, если батя под следствием, так тебе все дозволено, хамло ты такое?!

Услышав отчаянные крики, – это мама, не посчитавшись, что на госте был приличный сиреневый клубный пиджак с блестящими пуговицами, решила там же, не отходя от плиты, дать отпор наглецу и, ничтоже сумняшеся, опрокинула Финику на голову полтарелки зеленого летнего борща со щавелем, крутым яйцом и сметаной по вкусу, – Люська, так звали сестру, вбежала на кухню, на ходу застегивая джинсовый халат: она разучивала в столовой гаммы, и руку ей ставил студент консерватории, длинноволосый скрипач-нигилист Сережа Антонопуло, внук одного из лучших детских врачей города Сергея Антоновича Антонопуло-Сергеева.

– Мама! – только и успела крикнуть Люська. – Мама, прекрати сию же минуту!

– Ай, брось, Лючия, – фыркнула мама. – Пусть скажет спасибо, бамбина, что он холодный. И постный. Подонок.

– Но за что, Ева? – чуть не плакал Финик, снимая с ушей укроп. – За что?

– А за все, – мрачновато резюмировала мама. – Ничтожество.

II
Andante e cantabile
Я знал ее по городу. Она ходила со старшеклассниками. Так тогда говорили: ходила, ходит. Так вот, она уже вовсю ходила. Нравилась второгодникам с нездоровым блеском в глазах, прощала им скабрезности, резкий запах пота. Они уже курили все. Швейцарам у гостиниц втихаря совали рубль, и те, оглядываясь, выносили им «америку». Тогда все, что

не наше, «америкой» считалось, даже из соцстран. Я наблюдал, как она в платье абрикосового цвета растворялась в глубине Пале-Рояля и оседал, задетый за живое ее походкой. Все больше в голове, но иногда и на скамейку, чтобы прийти в себя, собраться с мыслями, остановить сердцебиение. Она передвигалась очень даже нефигово, как бабочка на пестик перепархивая с пестика. Перемещалась, дразня сетчатку волнами различного диапазона, и тут уже без слов понятно было, что получалось из-за этого на красный. Переходя, гасила свет, и сразу все темнело в переулке, и ни за что нельзя было решить, что лучше – вот сейчас или чуть позже, когда вдали задребезжит трамвай. Лошади тогда все сгинули почти, одну оставили: детей на ней за пять копеек навозом подышать назад к природе наловчились – и детворе, как говорится, праздник, и извозчик не сидит без дела. Последних «Москвичи» и инвалидные коляски потеснили; ее отец был тоже без ноги, его протез красноречиво говорил и о войне, которая была совсем недавно, и где пять лет назад обещанный автомобиль, чтоб вам всем пусто было с вашим исполкомом, – мелькая в промежутке между кромкой штанины и коричневым ботинком, риторически скрипел.

Она порывисто распахивала форточку в полуподвале с братом и женой из Симферополя, и сразу залезал туман, куда мне даже и не снилось, и арии из Оперного раздавались громче, – их репетировали там с утра до поздней ночи, и ропот очереди за кефиром служил им легким аккомпанементом. Ее отец храпел – чуть было не сказал без задних ног – перед «Рубином» на диване, речь шла не то об урожае где-то близко, не то о забастовках где-то далеко.

А иногда шуршала по подкорке подошвами растоптанных сапожек, ведь уши – не глаза, их не закроешь, если руки заняты, а руки часто были заняты. И будоражила тяжелым запахом густых волос, не обязательно чистых, но постоянно до попы. В апреле все уже сочилось под ногами. И не только. Ее белые гольфы. И колени поближе к экзаменам загорелые. А потом – вплоть до самых трусов. Но не мне. Мне – теряться в догадках, елозить под одеялом, сквернословить в подушку. Почему, ну почему то, что хочешь сильнее всего, обязательно спрятано? Потому-то и хочешь, что спрятано? Или спрятано, чтобы хотелось? Запретный плод, а кем, кем запретный? Кто первый сказал: нельзя? Какая сука такая? На заборах пишут, а взглянуть? На стенах царапают, а потрогать?

Я обливался холодной водой по утрам, мне позарез нужны были мышцы на лето, чтобы хоть как-то, хоть чем-то... Я растирался до крови, я отжимался от пола. Сосед-культурист дядя Боря одобрительно крякал, и кивал, и показывал, как обращаться с эспандером, чтобы мышцы груди это самое, а то это.

А отдельные птицы уже снимались с насиженных мест и писали из Вены чудесные письма. В одном значилось: «Красотища немыслимая! Но необходимы бабки. Хорошо идут простыни, оптика». В другом хвалили комнату Брейгеля в музее Кунст-хреновище что-то такое.

Она сидела на скамейке у памятника и ее лапал он. Я наблюдал из-за афиши, но ошибки быть не могло: он целовал ее влажную шею... А-а-ах, ты!.. Я неспеша обливал его керосином из ржавой канистры, я подносил зажженную спичку к причинному месту, место вспыхивало, вздувалось, место шипело, там ведь железы, мы проходили, он обугливался целиком, он сгорал без остатка: от фуражки Коммерческаго училища до подметок нечищенных башмаков, его хоронили одетые пожарниками товарищи, медь превалировала.

III
Vivace, ma non troppo
Наши отцы дружили, мамы терпели друг друга, а мы – нет. То есть, терпеть терпели, но дружить? Он был старше меня на два года, а в четырнадцать – это вечность. По воскресеньям, после «С добрым утром» мы с папой, выпущенным по подписке, заваливали к ним на завтрак, его, конечно, не оказывалось дома – наш Харитоша с барышнями на пленере – стол был уже накрыт, мой папа извлекал из сумки еще холодную «Столичную», Фима Механик с деланным радушием хлопал в ладоши, балагурил, прицеливался, щурился, первую опрокидывали, не закусывая, вторую занюхивали корочкой черного хлеба, и только между третьей и четвертой сайра-шпроты-селедочка-с-картошечкой-в-мундире-

с-лучком-в-уксусе-и-масле поглощались, и поглощались, и поглощались, сопровождаемые причмокиваниями, прищелкиваниями, шутками, тостами за возвращение в лоно, за отсутствующих (ненадолго, но и на том спасибо) жен, а также – Юлик, быстро закрой уши – за женщин вообще и за их женскую сучность...

«Наш Харитоша с барышнями на пленере». Слова эти резали слух. Ты гулял с барышнями, а я нет. У тебя были диски, а у меня нет. Ты умел играть на гитаре, а я нет. Ты носил вельветовые клеши и платформы, а что носил я? «Не можешь срать – не мучай жопу», – изрек однажды ты и отобрал гитару, когда я лажанулся в Lucy in the Sky with Diamonds. Ну, лажанулся человек в припеве Lucy in the Sky with Diamonds, так что же, из-за одного поганого аккорда ему на всю оставшуюся жизнь комплексы навешивать? Подумаешь, Девятая симфония! Ты был жесток со мною и несправедлив.

И все же я хотел с тобой дружить. И праздники хотел в твоей компании встречать. Хотел. Не приглашали. Много чего хотел: как у тебя прическу, твой щегольской монокль на шелковом шнурке, твой портсигар с чеканкой «Штурм Плевны», твой шарм и легкость в обхождении с прекрасным полом, хотел играть, как ты, на шестиструнке Don't Let Me Down, эффектно запрокидывая голову...

Тем летом я часто встречал тебя в городе с пластинками подмышкой. «Ну что там папа?» – спрашивал ты как бы между делом, я отвечал: «Спасибо, лучше, скоро выпишут», – и хотя папе было хуже, а не лучше, и ты это отлично знал, да и я знал, что это знаешь ты, мне льстило, что у нас с тобой беседа, что я с тобой почти на равных, и что нас видят пацаны из моего двора, и я прошу у тебя закурить.

– Член, завернутый в газету, вам, молодой человек, заменит сигарету, – говорил ты, но сигарету все же давал. Царственным, сука, жестом.

– Не смешно, – лепетал я и просил прикурить, но ты оставлял меня на углу (Греческой и Ленина) с незажженным «Опалом».

– Извини, тороплюсь, – подмигивал ты и добавлял, удаляясь: – А вообще-то, спички – не яички, свои иметь полагается...

Куда ты торопился – я прекрасно знал.

IV

Capriccio: Andantino grazioso
В известном смысле все было таким же, как всегда: весла, руки на веслах, гребцы на скамейках, спасательные жилеты на гребцах, их возгласы: позвольте, господа! либо мы *на* себя, либо мы *от* себя! И все же, все же... А ватага коротконогих толстозадых сорванцов в матросках, визги которых все явственней доносились до шезлонга, где он, тщась оборать дремоту, вникал, вникал – и не мог вникнуть в содержание брошюры, как бы нечаянно забытой ею на подстилке? А это уже черт знает что такое... «Несколько вводных замечаний об особенностях наиболее эффективного спаривания парнокопытных в неволе». Парнокопытных? В неволе? Однако.

Звалась она чуть старомодно, в духе блекнущих уже 80-х, Л. И берет свой бархатный носила лентами набок, так в нем и ходила повсюду! Не брезговала и по-кошачьи ласться, лизаться торопливо-нервно, с оглядкой, словно опасаясь окрика бритоголового кондуктора с задней площадки бельгийского трамвая, и щекоталки в корсаж совала как гимназистка нецелованная, и цокала полупритворно, когда, забывшись, неторопливо ласкал ее упругий, бледный прочерк, внезапно покрываясь испариной за матовыми ушками и на затылке. Кто был с ней близок, тот навряд забудет камин на Маразлиевской, и треск дровишек, мигрени частые да два-три локона подруги детских игр в коробке из-под флердоранжа, что хранила в саквояже у трюмо. Любил он ее бережно, чуть скупо даже, дабы не растранжирить до поры сокровища ее нескромные, прекрасно сознавая, что не ему они достанутся в конечном счете, но получателю, а он всего лишь мальчик на посылках, из любопытства заглянувший в письмецо...

Какой, скажите, живописец, какой фотограф и какой голограф создаст творение, пусть приближенно, но сопоставимое со смятенным духом сего кавалера, с бреющим полетом развращенного ума его? Нет, не под силу это нынешним ж.-о.-д. энграм, надарам и австро-венгерской группе «Зиптрулиббе» – здесь подавай изящную словесность, слова, сравнения: оптическому нерву, алчущему не-вербальных стимуляций, тут поживиться нечем.

Военные к ним приходили в штатском, штатские – заполночь, когда остывал камин, дорогая. Мысли приходили скверные, но не оставляло чувство, что они не его, сейчас уйдут, сославшись на дела, случайные, подслушанные кем-то. И он был зол, но как-то вяло зол, не неуемной злостью первой молодости, когда не различить: мир ли козел, и молока ждать от него – себе дороже, ты ли единорог, но без приличествующей настроенью девы.

Военные раскладывали пасьянс-с, перебрасывались тонкими военными остротами. Одна, про рояль и хихикающую пятнадцатилетнюю особу в бальном платье и шальварах, удручала более других. Она играла песни Беранже – их распевал тогда весь город – потом этюд-другой Шопена, потом ее имел в четыре руки поручик-вдовец Алмазов. Жена его, Алисия, бежала с заезжим укротителем диких зверей Иваном Падших, и как-то раз, на репетиции, когда Ив. Падших отвлекла нечаянным вопросом немолодая, но вертлявая донельзя женщина-каучук Полина Антонопуло, Алисию, рассеянно листавшую «Journal d'Odessa» на высоком табурете у кулисы, в мгновенье ока растерзал бенгальский тигр Тишка, от которого всегда скверно пахло... Ужасная, неправдоподобная кончина! Клоуны рыдали, размазывая слезы по нафабренным подбородкам, соль остроты растворялась в ее многословии, фраза «имел в четыре руки» отталкивала неуместной виртуозностью.

Что до штатских, то они, дурачась, сражались во времена года; друг семьи, горе-негоциант Подольский, неуклюже представлял осень, шуршал листьями, делал вид, что улетает в теплые края, моросил на окружающих... Боже, как надоели эти вечера, эта чеховская скука, эта хандра, описанная многажды и уже успевшая дать метастазы в труднопроизносимых местах, и это в городе, где это казалось невозможным! И это его тоже злило. И это бросалось в глаза: он стал желчен, сварлив, реже брил бороду, махнул рукой на подусники, грозился рассчитать повара – все казалось пережаренным, недосоленным, скисшим.

Дорогая, ты забыла его, ну скажи? Он был предан тебе, подносил «Лориган» Коти, бесконечные монпансье, орхидеи от Лапенштока, невпопад и неточно цитировал Малларме, целовал пальцы ног, тыкал прочерк в душистое декольте, он был свеж тогда, да, дорогая? Ты забыла его, ты забыла его, ну скажи? Ну скажи: я забыла его, я забыла его.

– Я забыла его, я забыла его.

– Я не верю тебе, дорогая.

V

Finale: Allegro con spirito

Перед кончиной папа стал проявлять странности. Разгуливал по городу в одних трусах, строил глазки передовикам на стенде; громко призывал автоматы с газировкой прекратить насаждать чуждый нам образ жизни с двойным сиропом; кричал регулировщику на площади: «Мадам, вы просто обаятельны! И этот жезл ваш! И эти ваши эполеты!» Часами с неприязнью мог разглядывать памятник Пушкину, повторяя на все лады одну и ту же фразу: «У, немчура, такой язык исковеркать! Такой исковеркать, немчура, язык!» Давал слепому в тюбетейке рубль на Тираспольской, требовал как минимум сорок копеек сдачи, не получив, обзывал слепого Гобсеком, каких свет не видывал, чуть погодя, плевал в его кружку. Слепой негодовал: «Ты сам такой! Ты даже еще в сто раз хуже!» и норовил попасть коленом в папин пах. Папа увиливал, перебегал вприпрыжку площадь, размахивал над головой коробкой грильяжа «Метеор» конд. ф-ки им. Р. Люксембург…

В больнице папа подробно объяснил нам значение слова диссидент. Как оказалось, мы с Люськой ошибочно принимали это за разновидность деодоранта.

– Ну вот еще! – обижался папа. – Диссидент – это протестующий, несогласный, выбивающийся из звукоряда как парик Николая Ленина из-под кепки. Тут важно одно понять, дети: протест возможен при любой погоде. Достаточно в ливень вместо собаки выйти на улицу самому и считать происходящее не в двоичной, как эти дурни, системе, а между точками отправления большой, скажем, нужды, и вы поймете меня без особых хлопот.

Папа и раньше был не дурак пофилософствовать, но только после следственного изолятора привычка эта сделалась его насущной потребностью. Родись он в другую эпоху, его бы на руках носили, я вам точно говорю. В нашу, правда, тоже носили, но всего лишь дважды: санитары со Слободки – в первый раз, и мы с мамой, Люськой и Сережей Антонопуло по дороге на Еврейское кладбище – уже во второй.

– Наступает такое время в жизни спортсмена, – наставлял папа с больничной койки, – когда награды, звания, аплодисменты трибун и ласковые взгляды подруг сами собой уходят на второй план. Прыгнул, лапку не сломал – вот и хорошо, вот и славненько. А если кто-то выше и дальше, то, поверьте мне, всегда найдется и шире, и глубже... А вы любите друг дружку, дети. И других не забывайте, хорошо? Так нам наш звездный папка советовал. А не можете – делайте вид. Что же может быть проще, скажите мне?

Как – что, папа? А ненависть? Ну ты даешь! Ненависть проще, папуля! Всех любить? Так-таки всех? И Механика, заложившего тебя с потрохами к такой-то маме, – любить? И Харитошу, который часто и с удовольствием прочерк мою любовь?! И эту ебаную прочерк на хуй жизнь со всеми ее гнойными последствиями и нездоровой синевой на третьи сутки? Любить, папа?

– Да, – сказал папа. – И не ругайся мне.

– Именно, – сказал папа. – А як же!

– Си, – сказал папа. – Чертаменте.

– Вот-вот, – сказал папа. – Соображаешь.

– Ага, – сказал папа. – Ты уже понял?

Умер папа с озорным и вместе чуть высокомерным выражением на бледном лице, а если к этому присовокупить выглядывающий из-под редких усов кончик папиного языка, то можно предположить, что перед кончиной он либо дразнил кого-то, либо вполсилы заигрывал с медсестрой, либо – что менее вероятно, а впрочем, – хотел наклеить незримую марку на несуществующий конверт, но, поразмыслив, решил не суетиться: дойдет и так.

2000

Snoopy в Касимове

Мучился когда-то вопросом, недоумевал, чему приписать неоспоримый факт полного отсутствия у меня литературного дарования. Игре природы? Слепому случаю? Генетической аберрации? И это при том, заметьте, что в моем роду без труда можно насчитать как минимум пять литераторов, двое из которых, по мнению их современников, внесли ощутимый вклад в сокровищницу отечественной словесности. Дед мой, еще при жизни за заслуги на литературном поприще удостоенный двух высоких наград и нескольких премий, написал дюжину романов и киноповестей и как выдающийся инженер человеческих душ был похоронен со всеми почестями на Новодевичьем. Отца моего самиздатовского долго не печатали, потом в начале шестидесятых опомнились и стали печатать, потом на какое-то время опять перестали, а теперь, с легкой руки восьмидесятников, вдруг выясняется, что он довольно-таки заурядный беллетрист, и лагерная проза его, уровнем много ниже шаламовской, а по скуке почти не уступающая солженицынской, благополучно покрывается пылью во всех столичных и областных «Домах книги». Ну, куда ему, в самом деле, до Джеки Коллинз и Сидни Шелдона? Я в смысле занимательности и знания голливудской подноготной.

Но не об отце и деде рассказ мой. И даже не о двоюродном брате деда, народном поэте Игнате Тимофеиче, в годы войны сложившем множество чудных песен и дошедшем до самого Берлина, где вскоре после успешного завершения операции «воздушный мост», он открыл на Курфюрстендамме небольшое кафе «Chez Ignaz», процветающее и посейчас. Речь здесь пойдет обо мне. О том, кем я был до концерта и кем стал после него.

Рос я беспечным литфондовским дитятей, родные забегали мне все дороги; благодаря связям деда меня ожидала блестящая карьера; в самом начале перестройки я оказался в небольшом университетском городке на Восточном побережье Соединенных Штатов, где изучал экономику с группой таких же баловней судьбы, попавших в программу по обмену студентами. Четкой макро-цели у меня не было, зато было множество микро-целей, ее заменяющих. Ну, скажем, как бы не завалить сессию, куда бы еще съездить на каникулы, что бы еще такое сделать, чтобы ощутить себя своим среди американцев, или, по крайней мере, как бы получше дать им понять, что я среди них – свой и т.д. Большинство микро-целей оказались легко достижимыми: науки давались мне без труда; время летело незаметно; плоды моей американизации также были налицо: пицца, пиво и мультики с травкой по утрам в субботу сделались неотъемлемыми ингредиентами моего существования в Новом Свете. А если к этому добавить, что я довольно регулярно пользовался успехом у свободных от предрассудков сокурсниц, которым импонировало внимание «этого русского», то, надеюсь, станет понятно, что назад в Москву, в наши четырехкомнатные хоромы на Земляном Валу, меня не очень-то тянуло. Да и родные чуть ли не в каждом письме били тревогу, что там, мол, ТАКОЕ сейчас творится, что нужно быть не знаю кем, чтобы СЕЙЧАС туда возвращаться. Сиди в своем колледже, писали они, и не чирикай. Тут надо сказать, что я и сам пришел к аналогичному заключению, и уже успел разослать документы в несколько престижных колледжей, надеясь, что моя успеваемость, рекомендательные письма от профессоров и личное обаяние на интервью произведут должное впечатление как минимум на одну из приемных комиссий, и в одну из аспирантур на отделение то ли экономики, то ли менеджмента, то ли чего-нибудь там еще – меня непременно примут. А это означало еще два-три года безоблачной жизни в США. Ну кто мог предположить, что судьба ткнет меня мордой в совершенно другой сценарий?

Приглашает меня в воскресенье очередная моя подружка на концерт, «Благодарные Кеннеди» что-то такое. Перед концертом, как водится, заваливаем в «Хааген Даз», берем по порции йогурта, я делаю попытку за нее заплатить, она, понятное дело, отказывается (телки здесь жутко независимые, не то что у нас), садимся мы в ее старенький «Плимут», по дороге мило общаемся: «А в России есть йогурт?» – «Да, есть». И тут она протягивает мне какую-то бумажку величиной с ноготок младенца, не больше. На бумажке мультяшная собачонка Snoopy изображена в темных очках. «Что это?» – спрашиваю. «Кислота», – отвечает. «Какая еще кислота?» – «Ну ЛСД, ты что, с луны свалился?», – и высунув язык, кладет на него такую же бумажку. «А что будет?» – спрашиваю. «Будет бесконечно весело», – обещает, глотает бумажку и добавляет интригующе: «На молекулярном уровне». «Ага, – думаю. – Интересно».

Подъезжаем к стадиону, где эти самые «Говорящие Кеннеди» должны играть, глотаю я бумажку со Snoopy, и … ничего, только, вроде, теплее как-то сделалось. Заходим в зал, занимаем места, сцена, правда, далеко, но у Наоми с собой бинокль; народ свистит, на сцену выходят музыканты, причем, я успеваю заметить, что один из них в костюме мясного какого-то цвета с прожилками, и очень он суетится все время, а толпа – та уже просто в экстазе, и музыканты вдруг начинают дергаться и переворачиваться, но не вверх ногами, а как-то непонятно, по диагонали, что ли, и вот тут-то мне приспичило. «Ты куда?» – слышу голос Наоми где-то сверху, но вместо ответа прикладываю палец к ее губам и иду в темноте, спотыкаюсь о чьи-то ноги, но иду, стараясь держать курс на надпись «Выход», потом на надпись «К туалетам», потом на надпись «Мужчины», и думаю: Боже, как все запутано-перепутано, и сколько кругом надписей разных! И ведь каждая что-нибудь да означает! За каждой что-то или кто-то стоит! Вот эта, например, что она должна значить? Что за этой дверью меня ждут мужчины, так, что ли? А на кой мне, простите, мужчины? Мне поссать бы. Стою, короче, перед дверью «Мужчины», час стою, и не знаю, как дальше быть, хоть убей. Наконец-то решаюсь зайти к «Мужчинам» (хотя, признаться, к женщинам очень тянуло), а со мною туда просачивается еще человек тридцать, причем бо́льшая часть их зеркальная, особенно низ, как в калейдоскопе, но меньше граней намного, ну я смотрю в писсуар – и глазам своим не верю. Всё верно: макро на микро равняется мокро почти без остатка, я давно это нутром, шестым каким-то чувством чуял, а строго вывел только сейчас, ну а я – этот самый Snoopy и есть, меня просто взяли и подменили, тут у них это быстро, тут не надо быть специалистом по генной инженерии с дипломом из Стенфорда, чтоб понять, что куда. То есть, на бумажке этой в темных очках я остался, а проглотил себе тоже я сам, ну и двери уже, понятное дело, не двери, а так – для отвода глаз, и где выход – там вход, а где вход – там и выход, слава Богу, хоть с этим мы разобрались! И кафель! И кафель очень холодный! а эти «Мертвые Кеннеди» уже наяривают нечто мрачное очень такое, очень такое агрессивное, очень антиистэблишмент, а Наоми найти совершенно не представляется реальным, мне, то есть, не представляется – билеты-то у нее, а мне без нее здесь не по себе как-то. Хорошо, что в кармане у меня оказались баксы, мокрые, но баксы, и пара кредитных карточек, тоже влажных, а вокруг все в точечках пошло, точь-в-точь, как у Сёра, а я от счастья аж хвостом виляю, от внезапно нахлынувшего. Какая разница, как я оказался в аэропорту?

В самолете я все анализировал, все анализировал: нарисован я или напечатан? И если нарисован, как мне теперь размножаться? Не иначе, как при помощи карандаша? Но об этом пока думать рано. Значит, – и это существенно, – теперь я смогу направить весь свой нюх, всю энергию и талант (а для пса он у меня незаурядный, не спорьте) на борьбу с нелегальным ввозом в страну наркотиков, оружия и «живого товара». В какую страну? В мою страну, в мою микро-державу, в мое молекулярное отечество, все ясно? При этой мысли у меня даже слюна от удовольствия потекла, а мой сосед слева пересел на свободное место у иллюминатора. Жизнь показалась мне и разноцветнее, и четче. Макро-смысл стал сам собою выкристаллизовываться. Ну и что, что я лишен литературного дара? Подумаешь! Зато теперь над пропастью во ржи буду! Чем не работа для кобеля?

И стал ждать выхода на связь с пилотом. Но пролетел. Да-а, вяло все-таки ФБР фурычит. И ЦРУ, к слову, ничем не лучше. Все-таки многого до конца не просекают. Раздут все-таки непомерно бюрократический аппарат; все-таки бездумно расходуются деньги налогоплательщиков. Хорошо все-таки, что я это за свой счет проворачиваю, причуда я карикатуриста этакая. И тут меня как ошпарило: МУРЗИЛКА! (а не пилот вовсе).

Приземлился в Москве, из Шереметьево на такси – ну и цены, совсем озверели! – до Казанского, оттуда в Касимов. Почему в Касимов? Потому что Касимов = и мосКва, вот почему. Тут не надо быть структурным лингвистом из Гарварда, чтобы понять почему.

Ну вот, значит, сижу я на центральной площади в Касимове у писсуара, жду выхода на связь с агентом М., но пока что-то глухо. Нет М. нигде. И тут меня стали сомнения одолевать. И зачем это я себя съел на бумажке? а Наоми – сучка такая сладенькая, и волосы у нее каштановые и пахнут кокосом, а носик вздернут и холодный. Она, небось, ищет меня повсюду, скулит. Вроде, как сон, а проснуться нет мочи. Жду Мурзилку. День жду, два жду.

А между тем уже начало октября, и по утрам холодно, и пар из пасти идет, и перила деревянного мостика, что на улице Свердлова, покрываются тонкой корочкой льда, и старички у входа на рынок достают из кошелек пиво «Ячменный колос», перемигиваются и шутят: «Кто пьет пиво "Колос" – прорежется голос», и потирают озябшие руки. Словом, скоро зима. И думаю я: нет, неспроста это все. Это все должно что-то значить. Это пароль, не иначе! Вот покажется сейчас вдали фигурка Мурзилки в берете и шарфике, и посмотрит он на меня своими черными глазками-угольками, и присядет рядышком на скамейку, и скажет, обращаясь как бы и не ко мне вовсе: «Кто пьет пиво "Колос"?» А я ему тут же ответ выдам. Тогда он пожмет мне лапу, почешет за ухом, и станет подробно рассказывать, что мне делать дальше. Иначе замерзну я на этой скамейке, как пить дать замерзну. Знаю, что нарисован я (или напечатан), а все равно – очень холодно. Ведь рисовали меня (печатали), когда выше нуля было, а сейчас – явно ниже.

А вот и он, Мурзилка! Ну наконец-то, сколько можно! Господи, какой же он махонький! Ну, я тоже не собака Баскервилей! А что это он такое пищит? А, ну да, пароль. А громче можно? Где у них тут звук? «Кто пьет пиво "Хайнекен"?» А причем здесь «Хайнекен»? Пароль ведь: «Кто пьет пиво "Колос"?», отзыв: «Прорежется голос». Они что там, в последний момент пароль поменяли, а мне ни ползвука? Или это поправка на то, что я из-за бугра? Ну и дела! Что ж мне ему ответить? Ведь он сейчас встанет и уйдет. Боже, ведь я подохну в этом Касимове, деньги-то мои почти на исходе, и где явочные квартиры – я без понятия. «Кто пьет пиво "Хайнекен"?» – повторяет Мурзилка и косится в мою сторону. Я должен ему что-то сказать. Все равно что – главное, чтобы с «Хайнекен» рифмовалось. Но что по-русски рифмуется с «Хайнекен»? Ничего не рифмуется. Вот наваждение! Сюда б сейчас дядю Игната из Берлина, он бы в два счета рифму нашел. Прорежется айнекен, прорежется цвайнекен, прорежется драйнекен… Чепуха на постном масле какая-то! Кушать хочется. Вот он уже встает. Вот он уже уходит. Поворачивает за угол магазина. Нет! Нельзя так, не могу его вот так – взять и отпустить. Не имею права. Отпущу – а дальше? Снова ходить на «парти», делать «шоппинг», смотреть телевизор и корчить из себя американца?

«Эй, родименький, постой, ну куда же ты? Я ведь сюда аж со Стони-Брук добирался. Это по Лонг-Айленд Экспрессвей. Ты пойми, братец, не знал я, что у вас тут пароль поменяли. Меня не предупреждал никто. Что мне дальше-то делать, а? Отвык я от здешних особенностей и обстоятельств. Давно тут не был, многое забыл… Готов выполнять любые задания. Слышишь: любые! Скажи только, в чем мое предназначенье? Кому я нужен здесь? Ну, не молчи, Мурзилочка! Ну, пожалуйста!»

И вот тут он оборачивается, пристально глядит на меня, словно фотографирует своими глазками-угольками, поправляет берет и говорит слегка осипшим на холоде голоском:

«Мудак, ох, мудак! Боже, какой мудак! Ну, что с тобой делать, американский коллега? Забыть пароль! Нет, это надо уметь! Недаром все-таки говорят, что нация вы несколько туповатая. Хотя по-русски ты ничего навострился. За местного сойдешь. Ну да ладно. Айда, за мной, тут у нас до штаба – рукой подать».

И мы с Мурзилкой скорым шагом направляемся к деревянному мостику на улице Свердлова, и по дороге он в деталях разъясняет мне мое первое задание, а я чувствую себя эдаким Савушкиным из «Мертвого сезона», оживленно киваю головой, скалю зубы, виляю хвостом и ловлю каждое его слово.

1995

Путешествие в Иерусалим

Переговаривались агенты спецслужб. Им было поручено следить за Желябовой Людмилой, 24-х лет, без определенных занятий, вот они и следили. И переговаривались. От голода у одного из них урчало в животе и создавало аудиопомехи. Другой ворчал: ну и работка, доложу вам – ни ланчей вовремя, ни отпуска, как у людей. А в Иерусалиме, как на грех, жара, и суетились все. И тут еще арабы эти. В автобусах дерзили и толкались. Шум, гам или – по-ихнему – геволт стоял ужасный.

Агенты от Свиридова через дорогу разместились, над книжным магазином. Устройства под чехлами спрятали. Жара, пить хочется, внизу фалафельная и где-то рядом ресторан, но… спецслужба есть спецслужба, взялся за гуж, и все такое.

– Русского человека за кордоном всегда одно беспокоит: как там наши, – облизывал губы первый.

– А француза, француза за бугром чего колышет? Как там наши колонии, да? – ввинчивал другой, наводя на резкость.

– Упрощаешь. Зачем это? Не упрощай. Да и колоний у них на сегодня – кот наплакал, – говорил первый, его Отто звали.

– А что тогда? – ввинчивал Отто. Второго тоже Отто звали, их одинаково звали.

– Француза за бугром шерше ля фам скребет, – говорил Отто Отто.

– Да ну! Стереотип это, – отмахивался Отто.

– Ты слушай старших, да на ус мотай. Шерше скребет его почище нас с тобой, – настаивал на своей позиции Отто.

– А с чего это? Либида в них, чай, кипит? – опять ввинчивал Отто.

– Она тоже. Но, в основном, конечно, сношаться ихнего брата тянет, – пояснял Отто.

– А со своими или им перво-наперво, чтоб мохнатка внизу располагалась? – это Отто ввинчивал.

– Ну так, ясное дело, чтоб вставлять куда возможность имелась, чтоб шанелькой пахла и самоувлажнялась, – отвечал Отто и облизывался.

А девушка, чья безвозмездная – ну хорошо, почти безвозмездная – любовь лежала на поверхности: бери – не хочу (а все потому, что была она молодая, дородная, и сказать: белая, как брынза, может и выразительно будет, однако же не вполне корректно, ибо брынза, если хорошенько обдать ее кипяточком, рыхлее намного получается), отправилась на Ближний Восток, где ее незамедлительно прибрал к рукам женский мастер Володя Свиридов по кличке Мазелтов, вдовец, театрал и бабник.

Отдадим Людмиле должное – она не сразу прелести свои на рынок понести решилась. По окончании столичной музыкальной школы Людмила пару лет исправно простучала молоточками по ксилофону в детском саду № 4, затем полгода без особого успеха искала себя в легком жанре в стрип-баре «Солнышко, зайди!», но алкаши-клиенты амикошонствовали и норовили ухватить за сдобный зад, а Людочке хотелось совсем иного, чего-то более возвышенного что ли, и вот, списавшись через приложение к журналу «Иностранец» с израильской компанией «Возьми гетеру» и одолжив у брата-ресторатора немного денег на билет, она отважилась на путешествие в Святую Землю, дабы подзаработать на открытие своей музшколы, но в аэропорту ее никто не встретил – контору кто-то кинул на приличное бабло и дело пахло территориальными разборками, короче, не до встреч тут было. Ну а самой стоять – это, во-первых, надо знать где и когда стоять, и по мозгам дать могут, это во-вторых. Да и куда вести клиента? К подруге, обещавшей приютить? Дети у подруги. Муж-инженер у подруги, то есть бывший инженер муж у подруги, старший подметайло он сейчас у подруги.

Девушка шла по незнакомому городу; вдали желтела безлюдная площадь; на базаре бородатые мясники в смешных тюбетейках разделывали кошерные туши; кто-то невидимый пел под аккомпанемент мандолины бесконечную песню народа-избранника, но почему-то на таджикском языке; горячий ветер лез под юбку и приставал с поцелуйчиками. Площадь, вроде, та, но куда потом? И какое сегодня число? Вылетела она вчера вечером, но это по Москве – вчера вечером... И тут она заметила Володю Свиридова. Он стоял в дверях парикмахерской, его седая косичка ниспадала на черную шелковую рубаху, он курил "Житан" и выпускал дым, едва заметно двигая ноздрями. Он был эффектен, Володя Свиридов. Кое-кто сказал бы даже: неотразим.

А кое-кто сказал бы, что Володя Свиридов по кличке Мазелтов был прирожденный неудачник, мелкая и пакостная душонка, всех слепо ненавидящая; и кое-кто сказал бы, что он раздражался при виде чужих со вкусом одетых жен в красивых авто и просто на улице; и кое-кто сказал бы, что его выводило из себя равнодушие природы и другие малоприятные аспекты бытия, однако молоденьким мокрицам с темносиним педикюром и выжженными где надо и где не надо волосами, из числа тех, что выливают себе на бедра целые флаконы «Булава» и в пароксизме любвеобилия хрипят: «Дубленку кто обещал, Менахем Бегин обещал?» или «А туфли, туфли с острыми носами, как сейчас носят, когда будут, когда Он вернется или позже?» – Володя импонировал, и не в последнюю очередь своим красноречием, бетховенской седеющей шевелюрой и небольшим, но весьма подвижным половым членом, который умел то заливаться соловушкой, то крутить сальто-мортале, а то и полиритмично исполнять на тамбурине два куплета провансальской народной песни «Ты у меня зачем украла молодость-красу, а ну, ответь прямо сейчас, моя мамзелечка, а то обиды не снесу» в авторизированном переводе С.Я. Маршака.

Володя Свиридов до приезда Людочки Желябовой распутничал налево и направо, ни на минуту не прекращая неистовую семясмиренническую лаортофилию, но, знаете, как говорится, семитки – это дело святое, но иногда хочется такую, чтоб и коня на скаку это самое, и в случае пожара не стушевалась (ну что, будем, ребята? тут кто-то, кстати, зажигалку на подоконнике оставил, рядом с фотоальбомом, это мы в Венгрии, на водах). Остатки страсти наловчился сбирать в пластмассовую баночку и пить до дна, пить до дна, пить до дна, а отсюда и цвет кожи, и краснота век, и заусенцы на пальцах ног, не говоря о соответствующей походке педерастической, бочком-бочком, косолапя, с каблука на носок, над которой в свое время потешался и старший брат его, отоларинголог Рудольф Рудольфович, и его, свиридовские, коллеги по Салону Красоты на Голда Меир № 18, все эти Толики, Срулики и Неллечки Каценеленбоген, которым не скажешь ведь: «В роль вхожу, уроды, отскочьте» – не поймут потому что. Старик отец его, д-р Рудольф Свиридов-старший, давно лежал на Ваганьковском аккурат за всенародным любимцем Вл. Высоцким («Охота на волков», «Нейтральная полоса», «Банька по-черному», «Однажды в нашей комплексной бригаде прошел слушок о бале-маскараде», «Я ненавижу альпиниста Аппельштока за то, что он речист и метит так высоко», «Наводчица» и др. маленькие шедевры); в лихие 20-е (или 40-е? кто это все может держать в голове?) он сделал репутацию, врачуя народными средствами от закупорки сосудов самого комдива тов. Давыдова, но кончилась война – и фьюить! Тогда и мама Свиридова, и брат его Рудик замыслили переезд на родину предков в государство Израиль, где тебе никто не гаркнет: кышь отсюдова, еврейская твоя морда, а ну-ка живо убирайся в государство Израиль, ибо ты, еврейская морда, давно уже там находишься, в Израиле, и учишь родной язык, и он, который хулиганит, тоже там давно (и тоже учит), где ты сам себя уважаешь, и другие тебя тоже, в идеале по крайней степени, ибо основали государство на исторической родине, а кто ж мог знать, что так припекать будет?

Короче, когда они с Людой оказались у него в спальне (я сказал: зажигалка, а не бегония, а ну, горшок на место – магомфарш, клептомаму твою налево, хуже палестинца, честное пионерское!) и она расставила ноги на ширину свиридовских плеч, лобком упершись в его бритый с симпатичной керкдугласовской ямочкой подбородок, ему это так все пришлось по вкусу, так все пришлось по нраву, что он даже прослезился сквозь наволочку от избытка нежности и других чувств, и там же, не выходя из нее, признался девушке в любви до гробовой доски, нежно поглаживая ее набухшие губки своими заскорузлыми пальцами, а она из его признания ничегошеньки и не поняла: только гумгумгум-бубу-гум какое-то сплошное, но девушки эти ситуации очень просекают, даже если у кавалера ихнего язык на тот ответственный момент у них внутри располагается. Свиридов, то есть в переводе с внутриполового на общечеловеческий, попросил Желябову Люду сделаться его законной супругой, ну и что, что разница в возрасте и социальном статусе (48 – парикмахер, 24 – начинающая проститутка), есть еще порох в пороховницах, потрогай, какой твердый, нет, не здесь – вот тут, он еще так ласкать ее будет, так тискать при первой возможности станет, что пипа ейная будет ныть неизбывно от этих ихних взаимодействий в горизонтальном положении лежа, вот увидите, евреи мои драгоценнейшие, он мужичок еще крепонькой, от него вся эта самая энергетика исходит невооруженному глазу понятно, как и откуда и в каких количествах. Короче, он мужик еще тьфу-тьфу-тьфу, кнок он вуд три раза, как минимум, чтоб не сглазить как в прошлый и позапрошлые разы.

Ворвался же Отто без стука, и с ним Отто без стука, и без понятых, и без ордера, и без ордера, и их выпроводить, и их выставить – как два пальца о раскаленный ближневосточный асфальт, но пальцы-то заняты на тот момент были, и мысли-то заняты на тот момент были, и чувства – те заняты на тот момент были, и мама – покойная на тот момент была – от неизбывной тоски по огням Москвы на тот момент была, и от старости на тот момент тоже была, да-а, Отто, так-то, Отто, копытца откинумши в шерстяных чулочечках на тот момент маман была да и сплыла; и тела уставшие на тот момент были, и простыни смятые на тот момент были, и трусы разбросаны на тот момент были, а грохот приличный на тот момент был, и кашель смущенный на тот момент был, и вдребезги ваза на тот момент была – случайно-о? что случайно, козлы? – у себя дома случайно, и сколько угодно и хоть телевизор, а на работе на тот момент – осторожно, особенно на такой – осторожно, особенно на секретной –

осторожно, особенно на государственной – осторожно, особенно, когда ищейкой – осторожно, особенно, когда вас, фраеров из Аахена или откуда вы там, гестаповцы, на госслужбу взяли и за вредность на Хануку мясо дают – осторожно. Случайно! Это хрусталь, а не хер граненый с каллами, мудозвоны. Осторожно! А если курок случайно? А если попадешь случайно, и белая брынза в крови лежать будет и истекать ею случайно – тогда что? Случайно! Вошли, короче, сюда, туда-сюда, рыскать-шастать, ворошить-шморошить, ящики стулья выдвигать-тормошить, наволочки-пододеяльники не первой свежести, портрет родителей покойных, брат Рудольф неприкаянный какой-то, на рыбалке с друзьями и девушкой почему-то неодетой почти, но со спиннингом, странно, да? патефон на кухню, сломали хлебницу, тормошили солонку, да вы что, нарочно (чья эта зажигалка, я спрашиваю? а то конфискуют – хрен отдадут потом! Случайно!) На кухне температура-то комнатная, невысокая, переносимая, кондиционер в жару – одно спасенье. О и О одеты были вызывающе, но похоже, то ли потому что тезки, то ли потому что почти одного роста, и им не вышли, то ли потому что, знаете, как у Кафки – двойники постоянно двоятся-множатся? Знаете? Так и тут, так и тут. Их что, по именам подбирают, по именам задания дают, чтоб следы замести легче было? Один О налево, другой О направо? Шагом-арш. А? Попросили не беспокоиться. Ну это выполнить несложно. Попросили не выходить из себя. А это иди проверь, в себе или вне себя. Он ведь в ней был, это она из себя вся такая! и лобок чудесный, то ли подмосковный, то ли краснопресненский... Попросили... а не много ли для первого раза? Просьб? А, Отто? А, Отто? А, Отто? А может, для начала скажете, членораздельно, что вам от нашего брата надо? (Я не о Рудольфе, он сейчас в отпуске, я о парикмахере Володе Свиридове-Мазелтове, вдовце и картежнике, то есть театрале, а не картежнике). Может, сначала удостоверение предъявите, а потом ронять предметы на пол будете, потрошить подушки будете, цветок не трогать! я не там то, что вы ищете, держу, я сам покажу, где я то, что вы ищете, держу, если, конечно, это то, что вы ищете, и я не ошибся, и я держу это, и оно не испортилось из-за жары. И рука О уже держит девушку за талию, а второй Отто цепляется за паспортный режим, она-то в Израиле сама не своя, под чужим именем поселилась у подруги детства, и то сказать: подруги, измывается над ней подруга, злорадствует, детство-то прошло давно, горюшко-лихо, обиды, зависть, злость остались, лишним куском попрекает, проститутка такая. (Представителей госдепартамента не люблю, люблю цитировать поэтов и не только прошлого. И в этом смысле?) Она, может, и настучала. Из зависти. Догадалась, зачем Людмиле чужие палестины вдруг так остро понадобились. Все может быть. С нее станется. Свиридов-Мазелтов Володя, вдовец, и Желябова Люда, а теперь уже значит еще чуть-чуть и уже как бы Свиридова Люда, хотя цвет лица и оставлял следы макияжа на простыне, она ему намекнула все же прозрачно, сколько могла: возьму, возьму твою фамилию, жидяра порхатыч, женских дел гроссмайстер, тряси меня сколько влезет, и хихикнула, подмахнув, но Мазелтовой не буду – уволь, засмеют, да и не благозвучно, будем опять сегодня, как эти Отто отвалят, так сразу, да?

Легко сказать: когда Отто отвалят... Отто и Отто, Отто и Отто просят Людмилу собраться. Людмила прыгает по комнате, точь-в-точь как Володя на репетиции: норовит попасть молочными ногами в кисельные трусики с бантиками. И уводят ее. Чуть не под микитки. А им без разницы: длинноногая московская краля первой свежести или старый гондон из Барнаула, что с переменным успехом косит под семита... Функционеры гребаные... тьфу! И ровно через 24 часа депортируют девушку. Ну, а с другой стороны: как иначе? Как еще с нелегалами обходиться? И на еврейку она не похожа совсем, скорее уже на казачку, хотя шнобель у ней вполне соответствует, вот только скулы выдают с головой.

И Володя остается один. И грустит. И трогает себя. И снова грустит. Вспоминает покойную мать. Думает о возвращении. Нет, не в парикмахерскую, они в шесть закрываются, а на родину, и не на историческую, хватит, поигрались в бирюльки, а на настоящую – туда, где снег, где ГУМ, где Пушкин, где на пл. Маяковского так, говорят, за 40 баксов отсосут, – закачаешься. И где театры.

А ведь он сам играл в юности (и неплохо играл) в спектаклях иерусалимского самодеятельного коллектива «Шаломчики-светы», чтоб я так был счастлив, милые мои идн!

Как это, а ну напомните мне... На сцене: белки, волчата, медвежатники, в красном венчике из роз – дровосек совсем зарос, может быть, колобок, может быть, нет, пчелки, полусонная матка. А дома мама сидит, отца покойного портрет на тумбочке, небогатая обстановка. Володя изображает полного зайца в одноактной пьесе «На поляне» и уморительно прыгает по сцене вокруг небольшого озера. Мама дома, беззубенькая, ко всему происходящему равнодушная. Она плохо слышит, плохо видит и потому редко вступает в контакт с соседями по площадке, а те обижаются, называют снобихой московскою. Пьет чаек, с трудом жует коржики, вспоминает далекое, довоенное. Подагрические ножки в вязаных чулочках зябнут. Пюре в блюдечке остывает. Песню вспоминает про мячик. Один куплет вспомнила, больше не смогла:

Па-агубили вы меня-а, возраст и замужество.
Седовласый властелин мячиком играл моим. Ой.
Выйду во поле я утром, а там растет чертополох. Ох.
Седовласый властелин, я твой незаконный сын.

Свиридов перепрыгнул через белку и сорвал аплодисменты. Потом был хоровод пчел.

А Свиридиха все пела:

Па-агубили вы меня-а, возраст и замужество.
Седовласый властелин мячиком играл моим. Ой.
Выйду во поле я утром, а там растет чертополох. Ох.
Седовласый властелин, я твой незаконный сын.

Когда юный Володя Свиридов вернулся домой, его мама, Нехама Дмитриевна, давно уже спала, приоткрыв беззубый свой ротик. Вскоре забылся сном в своей кроватке и сам Володя. Ему снилась любовь. Любовь звали как-то то ли на «Д», то ли на «Т», и эта самая Д или Т громко шептала во сне: «Вовка-морковка, я здеся!»

«Где – здеся?» – не догонял во сне Свиридов.

«Да тута, дурашкин, тута, промокашкин, кегля-мегля такая, фата-моргана, а ну, вон из чулана! И то: запор для любви не помеха!»

«Какой запор?» – опять не догонял Свиридов.

«Ну, замок, вот, блин, тормоз».

И Володя Свиридов вскочил с кровати, и стал искать любовь, но любви нигде не было. Он даже под кровать заглянул, но любви и там не было...

А Людочка Желябова, 24-х лет, без определенных занятий, потягивала апельсиновый сок на борту ТУ-154, и поглядывала на хлопчатобумажные облака, разбросанные как попало по бледнорозовому небу над землей обетованной, и все не могла понять, чего ради она истратила более 500 долларов – ведь за аналогичное и весьма сомнительное удовольствие клиенты в стрип-баре «Солнышко, зайди!» неоднократно предлагали ей 150 плюс роскошный ужин в ресторане «Метрополь»».

2001

В одних чулках

Говорят, он убил, потому что приревновал, говорят и другое. Говорят, он просил ее не снимать чулок, она наотрез отказалась, и он задушил, задушил ее чулками!

Наш сосед, американец, хотя фамилия у него русская, Эд Козлов, правда, могли просто забыть поменять табличку на ящике, у нас супер австралиец и сильно поддает, то есть лично я его трезвым еще не видел, а я здесь без малого третий год, так вот этот самый Козлов, бухгалтер, совершил гнусное злодеяние – задушил свою девушку, можно сказать, почти невесту, парой чулок, ее же, кстати. Жертву нашли на кухне, у холодильника, синеющей, с чулками вокруг шеи и высунутым бледным языком, зрелище то еще.

Я знал ее. У этого маньяка каждые полгода была другая, но с этой я видел его как минимум год. Он звал ее Чикади, говорили, будто он даже сделал ей предложение. С тех пор как я упал с лестницы, сломал лодыжку и вынужден ходить с палочкой, я больше времени провожу дома и многое подмечаю, правда, не все понимаю и далеко не все одобряю.

Обстоятельства, которые привели к преступлению, таковы. Этот Козлов не одобрял планов Чикади на ближайший год, а планы ее включали все, что угодно, кроме Козлова, она его предложение не приняла, сказала: подумаю, но про себя (я узнал от его клиента) решила отказать. То есть, два-три раза в недорогой ресторан, где ее никто не знает, она еще была готова, но эти чулки, не в этих же чулках, когда он трогает ее пятки своими шершавыми ладонями садовода (он и садоводством увлекался, прыщ в сомбреро, авокадо из шланга поливал, хотя какие у нас авокадо? – одно название, вот в Мексике авокадо – это авокадо), а сам нарочито громко и как-то липко, что ли, изображал пчелиный улей в триста жал...

Они были знакомы полтора года, вместе прожили год. Их познакомила общая подруга (убийца своего грудного ребеночка, тоже, кстати, случай из ряда вон), у которой отец бизнесмен-риэлтор был богатейший человек, а мать некогда известной актрисой, можно сказать, почти телевизионной звездой. Но эта самая почти звезда давно умерла от рака, и взятки не помогли, а дачу продали за копейки, это было еще там, сестра (не хочу здесь о ней) закончила колледж и вышла замуж за теннисиста-меломана, но разве Карнеги-Холл может заменить ласку и хриплый шепот: только не здесь, шалунишка? Никому не заменил еще. Музыка кантри, зимой, когда смеркается скоропалительно, любая музыка, не единственно кантри, лечит хандру почище чая с медом. Она, Чикади, разуверилась в себе, но до этого разочаровалась в нем, а он к этому не был готов ни физически, ни морально. И продолжал ее любить. Он фотографировал ее фотоаппаратом с насадкой. Потом в ход пошли примитивные видеокамеры: вот она на ступеньках пляжа, нога на ногу у фонтана, фонтан бьет, посреди города фонтан, там еще люди жили до войны, но их переселили и фонтан тоже перенесли, так что непонятно, зачем было тревожить людей и переселять, и город изменился до неузнаваемости, просто другим стал. И его решили переименовать. Она улыбалась, растягивая слова. Хотя куда их дальше тянуть. Чулки он просил не снимать, она сама спросила: снять? но сказать «чулки» не сказала, не решилась, а только указала на них, будто чулки непристойным были каким-то словом, матерным. Он ответил скороговоркой: не снимай чулки, не снимай, не смей. Она и не сняла, потом он целовал ее руки в кольцах. И чулки, темные, но не черные, а иссера-коричневые чулки с темными пятками и, кажется, швами.

Она любила философствовать, рассуждать о Бергсоне, Поле Рикёре, он отмалчивался, не хотел обнаруживать пробелы, а они у него были. Ух, пробелы у него были огромные, беллетристику, допустим, читал, а философией манкировал. И напрасно: философия – та же беллетристика (мир-то бесконечно можно описывать, а он, мир, будто набрал в рот воды и ко всему не меняется), без главных, правда, героев философия беллетристика, то есть вместо героев перед нами идеи, они разворачиваются вместо событий, укрупняются вместо пейзажей, да и кого сейчас пейзажем ух, удивишь, кого с ног собьешь ух ты, приключениями одними. Идиотов разве. Приключения в журналах нам приносят к завтраку журналисты, а в газетах сгорело сто человек в дискотеке в Бронксе ух ты, несчастья кругом одни получаются. Кому-то полчерепушки снарядом снесло, потом наращивали специальным способом, кропотливо подклеивали ухо к виску. Или собака нос домработнице из Бирмы изжевала и губы. А у нас идеи: сущности, перцепции, апперцепции. Он и ее, Чикади эту, и до нее других женщин просил не снимать чулки: кто снимал, кто не снимал, но больше не снимали. Он в кино сидел с одной, ему семнадцати не было, и гладил ногу в чулках, и так ему это понравилось, что на всю жизнь к чулкам стал питать повышенный, что ли, интерес; не хочу тут физиологизмом грешить излишним, но когда он просил (это был своего рода фетиш у него) даму не снимать чулок и потом пальцами и руками, но сначала пальцами садовода, мозолистыми и грубыми, он не хотел, чтобы дама, предмет страсти, снимала чулки, то есть все снимала чтоб, а чулки чтоб нет. Еще до нее (и до этой подруги-убийцы), когда к нему из Венесуэлы приезжала одна и они выпивали с ней, крепко выпивали текилу «Мокингбёрд», но он видел, что она притворяется, будто пьяна больше, чем на самом деле, чтобы не так стыдно было снимать трусы, а чулки он просил не снимать. Потом он проснулся в семь, а она, мордашка, спала на его плече, он хотел ее так взять, во сне, все равно как теплую мертвую, но живую и в чулках, но она их успела снять, а он не заметил когда, и поэтому не взял, только трогал, там, где чулки и трусы у них обыкновенно. Лифчик и бретельки, он платье задрал ей (подруга-убийца сидела на даче под Москвой, где у них был участок, он еще сигареты возил ей из Штатов в самом начале реформ, когда с куревом дело швах было, обои обдирали на бумагу, кромсали чулки на табак, набивали им самокрутки и курили, – и то сказать, курили, – делали вид, а сами кашляли как туберкулезники в санатории на Пролетарском (тоже делали вид), когда заходила, допустим, это гипотеза, медсестра в белых чулках, на минуту, будто дверью ошиблась, но эта минута оборачивалась високосным годом, они встречались, и он ни разу не просил ее не снимать чулок, она же сама все видела своими глазами и не снимала. Ажурные чулки, такие точно у красивой преподавательницы зоологии были, как он любил за ней наблюдать из-за скелета собаки! В щель между ребрами гончей. И чулки между ребрами тоже в щель, ажурные (сестра сама ребеночка выкинула, сломала ребра, смертельный исход, муж пришел, а она невменяема, дрожит, крестится и матерится, и на даче отсиживалась, потому что был объявлен всесоюзный розыск, искали по всему городу, и нашли, ордер на арест был выписан, но доказать ничего не доказали: пропал ребенок и пропал, выкрали). Ее слово против слова мужа выходило, а он второй год не работал и ему характеристику месткомом на чулочной, кстати, фабрике ту еще дал. И она сильно в нем разочаровалась. То есть попросту перестала любить. А он не готов был и продолжал покупать ей туфли специально на размер больше. Он ее ноги очень любил трогать и нюхать через специальное отверстие в устройстве для ног, она смеялась: щекотно, а что щекотного, терпи, коза, мать твою перемать.

Эта его мнительность, эти его патологические фобии выводили ее из себя. Даже после самой скучной вечеринки, которую хочется забыть и не вспоминать никогда, зря только вечер потеряли, он мог на протяжении часа за субботним завтраком докучать ей детальным анализом жестов, реплик, взглядов гостей, имели они к нему отношение или не имели. Нинка, та на парти танцевала роботом, все просили: Нинка, роботом давай, ты ж умеешь, а, Нинка? Нинка для приличия отказывалась, а потом ух как шла да роботом, эх как шла да роботом, роботом да роботом и обратно роботом. И вприсядку роботом, и коленца роботом, слэмом-спэмом роботом, роботом-колесом. Тупорылым роботом, лупоглазым роботом, футуристом-роботом, роботом-колесом. На мосфильме роботом, на ленфильме роботом, в голливуде роботом и в талмуде роботом. А на стуле да на столе девки ели оливье, роботом-роботом, ой да что ты, роботом. Мужик на бабе роботом, на зазнобе роботом, на моей да роботом, и на твоей он роботом. Мокрым-потным роботом, скорым-спорым роботом. Ровно в полночь роботом. В 3:09 роботом. В 6:15 роботом. И в 7:40 роботом. А на стуле да на столе девки ели оливье. Роботом, роботом, самым главным роботом. Роботом, роботом, сильным, смелым роботом.

2005

Status quo

На пляже вулканического происхождения Лида маленькая оглядывалась, снимала лифчик, обнаруживала два бледных батона по 13 копеек штука, поворачивалась и так, и эдак, и сумела наконец пленить одного красивого отдыхающего по имени Цветан. Цветан дарил ей греческие духи, звал в кино на Фернанделя, громко восторгался закатом – и выжидал.

Лида тоже выжидала. Прошлой зимой она похоронила любовника – его сбил пьяный автомобилист – и потому сомневалась: можно уже или еще повременить следует.

Однажды вечером, после того как Цветану надоело выжидать и у них с Лидой случилось *это*, краснолицый грек-бармен в белой майке растирал для них холодный эспрессо с сахаром и что-то насвистывал, кажется, сиртаки в реггиевой обработке.

Потом они уехали с островка и стали бродяжничать. В ночном поезде Венеция-Вена Лида заметила, что Цветан редко меняет трусы, и решила ему сказать об этом. Ее покойный любовник был чистюлей, каких мало.

– В том-то и дело, что был, – сказал Цветан. – Сейчас, небось, совсем за собой не следит.

– Идиот, – обиделась Лида.

Когда сломали железный занавес, Лида отправилась на заработки в Мадрид, пела там частушки про Перестройку, жонглировала с труппой лилипутов из Душанбе, короче, бедствовала. Ее покойный любовник подцепил Лиду в парке Ретиро, у памятника Альфонсу Двенадцатому. Любовник был американский негр, немного знавший по-русски.

– Запомни, вонючка: Once you tried black, there's no going back[1], – сказала Лида Цветану, все еще дуясь.

---

[1] Попробуешь с черным – других не захочется.

– Тебе что-то не нравится? – спросил Цветан Лиду уже на эскалаторе.

– Чаще трусы стирают, – ответила она ему в гостинице. – Особенно в такую жару.

– Покурю и постираю, – пообещал Цветан, не зная, как от нее отделаться. Он работал на железной дороге, объездил пол-Европы по льготному тарифу, и увидеть мир для него было важнее, чем пахнуть, как болгарская роза. Так он ей и сказал.

– Увидеть мир, детка, для меня важнее, чем пахнуть, как московские ландыши.

– Детку засунь себе в жопку, – огрызнулась молодая женщина.

Из гостиницы она позвонила сестре в Саратов. Она звонила ей из каждого города.

– Анька! Чё прикольного, проститутка? Писюха, скажи мамке, тут такие магазьки! Ёкалэмене, Нюш!

Лида крепко стала доставать Цветана. К трусам вот привязалась. А может, ему вообще ее белье не нравится. Чистое, грязное – не нравится, и всё. Рюшики, бантики, ёкалэмене. И предлоги не такие, как в болгарском. Ну ее у.

Цветан вышел на балкон. Еще один город – и деньги совсем капут, подумал он и вспомнил жену, которую оставил в Софии. Она сошла с ума, лекарства и врачи не помогали, и он решил ее бросить. Но не сразу, конечно. Сначала ухаживал, навещал. Она называла себя любовницей Гитлера, не Евой Браун, а другой, совсем молоденькой, о которой еще не знают историки. Извивалась в руках санитаров: «Он хотел подарить мне Польшу, а я, дура, отказывалась. Теперь вот локти кусаю». Цветан не выдержал, бросил ее... А вдруг она действительно была любовницей Гитлера? Постойте-ка. Фюрера расстреляли в Милане в 48-м. А Кристина родилась в 49-м. Мда, нестыковочка. Но ведь существуют так называемые пренатальные привязанности и увлечения. Как с ними быть? Игнорировать? Господи, о чем я... Так сходят с ума. А эта все трындит и трындит по телефону... А может быть, они уже не в Вене, а в Праге, пьют наравне с новыми чехами, осматривают Старый город? И с холма по ту сторону реки спускается небритый мужчина в кремовом пальто и говорит упавшим голосом: «Всё кончено». А внизу все: «Что, что кончено?» А он им: «Вы что, оглохли? Я же кажется ясно сказал: всё».

История, бесконечная, как греческий танец сиртаки. История, не переходящая в повествование. История о том, как русская женщина у болгарина деньги воровала, пока тот курил на балконе, а болгарин восстанавливал status quo, пока она стирала белье.

2002

Для отвода глаз

Саше Ефимову надоело ничегонеделанье, и он принялся выдумывать разные наряды к предстоящему празднику. Ему никто ничего не поручал, инициатива полностью принадлежала ему. Саша сам удивлялся: откуда у него возникали эти фантасмагорические видения из мира, к которому он не имел никакого отношения? Занимался он на четвертом курсе Ветеринарного, за модой не просто не следил, старался избегать ее. По мнению сокурсников, был скушноватым хорошистом, застенчивым и заурядным, даже чуть пришибленным сессиями – так, по крайней мере, считали девушки с его потока. И вдруг.

Первое, что пришло ему в голову, было платье цвета бильярдного сукна, к нему полагалась сумка-кий, шляпа с вуалью-лузой, ну с этим проблем быть не должно было. Проблемы могли возникнуть с туфлями-шарами: шарами-каблуками и шарами-носками. Саша задумался стал что-то чертить в общей тетради. А что, если…

Платье-стул, со спинкой и четырьмя ножками, две из них женские, две мужские? В платье можно исключительно сидеть, вставать в платье не рекомендуется. К платью прилагается сатиновый плащ-чехол, предохраняющий его от пыли и жирных пятен.

Или костюм-рояль, с педалями, крышкой и нотами. При ходьбе раздается вальс, на поводке – игрушечный шпиц. Или шпиц настоящий.

Сашины идеи очень понравились его сокурсникам и преподавательнице Галине Петровне, с которой у него еще со второго курса сложились доверительные отношения.

Она ему и поведала историю из жизни улиток, о которой чуть позже.

Шляпа караван-сарай, усталые путники пьют рисовую водку, костер выхватывает из темноты их тонкие лица, брючный костюм-колодец, в нем отражается девушка с коромыслом, туфель у нее нет, она из небогатой семьи.

– У улиток, о которых нам известно до смешного мало, – свой язык, своя психология, своя, если угодно, сигнальная система. И система эта – язык клейких веществ. Домики их – это ерунда на постном масле, это всего лишь для отвода глаз, они им абсолютно ни к чему, домики – это фасад лишь один. И вот однажды к нам приехала делегация из Венгрии. Дело, дай Бог память, было в 64-м году. А я тогда заканчивала исторический. Обмен опытом, у них тогда был бум на французскую кухню, эскарго, не маленький, сам понимаешь. Только не лезь, видишь – натерлось.

Юбка цыпленок-табака, накидка соус-ткемали, сумка картофель-фри. Сдачи не надо, это оркестру.

– А мой отец как раз заказал тогда на заводе «Марти» вешалку. Непростая эта была вешалка: это была вешалка-воспоминание, вешалка-фуга, я фигурально, но ты понимаешь. Венгры как увидели ее, – залопотали в один голос: хотим, хотим, шимшимшимша, все, что ни попросишь – отдадим. Даже про улиток своих забыли. Я – ни в какую. Во-первых, не моя вещь – отца, объясняю. А во-вторых, мой младший брат любит на ней сидеть и представлять, что он в пустыне, на верблюде, совершает путешествие, запасы еды крайне ограничены, вот он сидит в темном коридоре, на вешалке, грызет корочку хлеба и думает, как бы не умереть с голоду. Не могу я отобрать у брата его верблюда, его фантазию. Не могу.

Костюм-верблюд, двубортный. Брюки-мираж: кажется – близко город, где напоят и накормят. Но сначала отберут брюки.

– Венгры и говорят (приставучий, доложу я тебе, народ): мы отдадим тебе самое дорогое, что у нас имеется шимшушим: старинный рецепт эскарго времен Людовика Великого, этот рецепт даст тебя, Галия (так они меня звали, Галия, да не трогай же, сказала: бо-бо!) бессмертие. Здравствуйте, – я ваша тетя, говорю. – А как я, интересно, проверю, бессмертие оно или что оно? До этого критического момента еще дожить надо. А вешалку вы, небось, сейчас потребуете.

Костюм-женщина, галстук-симптом, брюки-красивые-ноги. Носишь и восторгаешься, носишь и любишь, двигаясь быстрее, чем требуют обстоятельства.

– Тогда глава делегации мне говорит: «Смотри». И достает из портфеля рулон бумаги, разворачивает его, а там, там – улитка в продольном разрезе! Переводчик объясняет, что это всего лишь костюм, костюм-улитка, а я смотрю и слезы у меня на глаза наворачиваются – ведь каждый виток ее домика – это мои, Сашенька, предки, а они-то и воевали, и кровь свою проливали, чтобы нам с тобой жилось хорошо. Вот как сейчас примерно.

Костюм-предок: сделан из имитации рукописей защитного цвета. Туфли-улитки, ходят сами, но медленно, с частыми остановками. И пачкаются.

– Тогда-то до меня и дошло, что бессмертие – это не мое бессмертие, Саша, но родовое. Если мой сын или дочь будут жить через 200 лет – в этом и мое бессмертие, Саша. И еще поняла я, что на это родовое бессмертие мне начхать с самой высокой колокольни. Мне мое бессмертие подавай, личное. А вот теперь можно. Ишь, шустрый лягушонок какой!

– Я и отдала им вешалку. И съела улитку главы делегации. Он ее сам для меня приготовил. И вот прошло с тех пор много лет, а я все еще гладкая везде, и ничего не висит у меня, и мне по-прежнему тридцать с хвостиком, вот. Хочешь, чтоб я повернулась?

– Братцу ничего не сказала. Отцу тоже. Украли вешалку, сказала. Бог мне судья.

Бог-мне-судья: зрачок, спираль, накладные карманы, бесконечность. Смотрит, смотрит, а чего он там не видел?

И вот наконец наступил долгожданный праздник. Все нарядились в костюмы, сшитые по Сашиным эскизам: костюм-рояль, костюм-верблюд, костюм-бильярд. Всем было очень весело, а Галина Петровна выпила два стакана яблочного сока и стала со всеми целоваться. Она была в костюме-женщина: косы, юбка, чистое, без единой морщинки лицо, метла, красивые руки, сумка из верблюжьей шерсти, кепарь и рваные чулки «ребенок Линдберга».

– Саша, – сказала Галина Петровна во время медленного танца. – Хочешь я тебе как-нибудь приготовлю эскарго на ужин?

Саша на минуту задумался, потер лоб, будто силился что-то вспомнить, потом решительно сказал: «Ага», – и с достоинством поцеловал Галину Петровну в переносицу.

2001

Репетиция

Писатель Лев Николаевич Кафка был ужасный идиот. Предположим, что некто этим предложением хочет выразить свое отношение к реальности, которой нет. Что такое реальность, которой нет? Это, прежде всего, реальность, которая есть, но взятая со знаком минус. Например, едешь на эскалаторе в метро «Александровский сад» в направлении со знаком плюс, а навстречу тебе: студенты МГУ, девушка-фтизиатр, группа молодых бизнесменов с целым чемоданом колготок, и все они движутся со знаком минус. Другими словами, они и есть часть того множества, которое я назвал реальностью со знаком минус.

Теперь, почему выше написано, что «некто» предложением «Лев Николаевич Кафка был ужасный идиот» хочет выразить свое отношение к реальности со знаком минус, и если это утверждение справедливо, то каково это отношение, и может ли вообще предложение выражать отношение? Однако прежде чем ответить на эти вопросы, предложу вам прочесть небольшой текст, озаглавленный мною «В луже».

«Калеки считали его сумасшедшим, сумасшедшие – калекой. По сути, он был ни тем и ни другим. Он лежал на пересечении двух кривых улиц, его обнюхивала бездомная дворняга, он плакал. Небо отражалось в его глазах, слезах, луже, автором которой он, если бы отдавал себе отчет в происходящем, мог бы назвать себя. Как он дошел до такой жизни? А вот послушайте...

В 1989 году его здорово звезданло в пах, в 1990-м ему случайно отрезало три пальца на правой руке, кровь залила его пиджак и новые брюки, но Бог с ней, с одеждой. С тех пор рассудок его помутился.

– Папка, иди быстро домой! Там мамка уже разделась! – кричал ему из окна сын Гришенька и махал ручкой.

А в трамвае к нему однажды пристал какой-то нищий, от которого скверно пахло, и, брызгая слюной, стал скороговоркой цитировать «Страдания юного Вертера» на сносном немецком. Леша, так звали нашего героя, вдруг остервенел. Резким движением правой руки он выколол нищему оба глаза большим пальцем и мизинцем. Нищий заревел как белуга, наложил в штаны и рухнул на пол трамвая.

Из тюрьмы Леша вышел в мае 1993 года сильно похудевшим. Щеки его ввалились, виски поседели. Сыну и жене он писал из тюрьмы ежедневно, хотя нелегкое это дело – держать огрызок карандаша двумя пальцами, большим и мизинцем. Жена Леши за это время успела связать свою судьбу с квартирантом из провинции, занимающимся мелкооптовой торговлей: пиво, резиновые гениталии, оргтехника. Леша обозлился и тоже выколол сопернику два глаза. Тот заревел как медведь. Нищий в трамвае, если вы помните, заревел как белуга, ну а квартирант из Саратова, корчась в крови на паркетном полу, заревел как медведь.

Жена Леши, Людочка, ревела как белуга, когда Леша в приливе ярости бил ее ногами по лицу, грудям и животу, а была она на четвертом месяце беременности; соседи за стеной орали как белые медведи; Гриша, Лешин сын, кричал: «Не бей маму, папа! Мама хорошая!» – и ревел как белуга. Мальчику шел четырнадцатый год.

Так Леша оказался лежащим на пересечении двух улиц. «Боже, сколько страданий вокруг, сколько злобы, жестокости, вероломства и так мало нежности, ласки и любви», – думал он. И эти запахи, этот крик, эти невыносимые люди... Право же, они невыносимы, они еще хуже Леши, Леша – это так, неудачник, жертва переходного периода, а есть ведь просто законченные негодяи».

Теперь вернемся к проблеме реальности со знаком минус. Начнем с того, что писателя Льва Николаевича Кафки в природе не существует и не существовало никогда. Разумеется, я сию же секунду могу взять псевдоним Л. Н. Кафка, и если под писателем понимать человека, наносящего на бумагу знаки, которые могут быть так или иначе интерпретированы другими, то я сию же секунду становлюсь писателем

Львом Николаевичем Кафкой, по определению, ужасным идиотом, что тоже еще предстоит доказать; однако я отказываюсь брать себе какие-либо псевдонимы, а посему писатель Л. Н. Кафка останется лицом вымышленным, и как таковое его так же можно причислить к множеству, составляющему реальность со знаком минус, но не потому, что он движется навстречу мне, а потому что его нет вообще.

Общеизвестно, что были такие писатели, как граф Лев Николаевич Толстой – один из героев дневников Сони Берс, и Франц Кафка – один из героев дневников писателя Кафки, но писателя Льва Николаевича Кафки до первого предложения этого текста не существовало; теперь же писатель этот существует как часть множества, составляющего реальность со знаком минус, к которой принадлежит и этот текст, и некто, пишущий этот текст. Можно с уверенностью, заметим в скобках, утверждать, что Кафка знал о Толстом и читал Толстого, равно как и то, что Толстой не мог знать о Кафке и читать Кафку, равно как и то, что некто, пишущий эти строки, читал и того (Толстого) и другого (Кафку), но лучше бы он их не читал, лучше бы он их не читал, лучше бы он их не читал, лучше бы он их не читал, лучше бы он их не читал, лучше бы он их не читал, лучше бы он их не читал, лучше бы он их не читал вовсе. Почему? Для кого лучше? Это тема отдельного разговора, а сейчас скажу лишь, что Лев Николаевич Кафка, в реальности со знаком минус, по утверждению некоего «некто», был ужасным идиотом, и это утверждение справедливо хотя бы потому, что еще не опровергнуто никем.

И последнее: Франц Кафка, Лев Толстой и автор этих строк «некто» одновременно не принадлежат ни к одному из рассмотренных ранее множеств, но об этом мы поговорим на следующей репетиции, а пока – рассказ «На пирсе», герой которого тоже, кстати, Леша, Леонид Григорьевич, на протяжении всего рассказа почти неподвижно стоит на пирсе, находящемся, к слову, в аварийном состоянии, и предается размышлениям. Итак, «На пирсе»...

«Он некоторое время вслушивался, пытаясь разобраться в этом непохожем ни на что ощущении, мысленно щелкал пальцами, тщетно надеясь подобрать нужные слова. Кому?

Нужные, необходимые, жалкие своей приблизительностью, неточностью – слова, короче. Может быть так: он явственно ощущал, как настоящее его сливается с прошлым; разрыв между ними, почти физически осязаемый им, Леонидом Григорьевичем, сужался, срастался, затягивался тонкой, но крепкой пленкой, я понятно говорю?

Если прошлое условно принять за женщину – бежишь от него, бежишь, а потом оно от тебя, а потом как остановится посреди улицы, ведущей к морю, как повернется на тонких каблучках вечно давящих босоножек, как высунет язык и скорчит смешную рожицу; а настоящее, условно же, считать мужчиной, всячески старающимся подчеркнуть свою уверенность в себе, и залысины тут не помеха, залысины суть временное явление, это ведь не лысина в конце-то концов, вот с лысиной поспорить уже сложно, и одышка в тридцать с хвостиком тоже еще ни о чем не говорит, – то это, если хотите, соитие прошлого с настоящим на остывающем песке пустынного пляжа ночью, неподалеку от медицинских весов, причем прошлое долго артачилось, но настоящее уж очень настаивало – и глазки строило, и что-то там такое из Данте выпендривалось, – соитие это состоялось.

Конец, знаете ли, мая. Еще холодно, но уже тепло, ну, вы понимаете. Все вокруг не такое какое-то, да и Леонид Григорьевич внутри тоже несколько видоизменен: слизистая поистерлась, легкие поистрепались, кишечник – говно. «За собой следи, а то не женишься», – этот лейтмотив ему исполняла мама по любому поводу и на всевозможных примерах: из жизни друзей, из жизни незнакомых ему людей, безо всяких примеров, одними лишь взглядами, с укоризной, без и т.д. А он лишь отшучивался. Год отшучивался, два, пять лет отшучивался, а потом взял да и купил неплохой костюм, всю месячную получку отдал за него и глазом при этом не моргнул, зубы стиснул, а глазом ни-ни. И вот, в этом костюме стоял он на пирсе и смотрел вдаль; волосы его путались на ветру, а полы пиджака делали похожим на крупную птицу при галстуке, или, что точнее, на молодящегося морского льва, волею судеб заброшенного в наши южные широты. Стоял он и, повторюсь тут, чувствовал, будто прошлое его сливается с настоящим, и было ему это ощущение по душе. Остаток жизни (он собирался дожить до пятидесяти одного) виделся ему вот как: ребенок (три штуки), супруга (двадцать три года, шатенка, некурящая), счастье (оно, вообще-то, у каждого свое, но в двух словах: не верьте тем, кто утверждает, что его нет; это неправда – счастье есть, я сам испытал его где-то двенадцать лет назад во время баскетбольного матча, но не хочу о себе – это неинтересно), интересная, высокооплачиваемая работа буржуазным писателем, производящим готовые к употреблению культурные ценности, а значит и признание публики, и какой-никакой статус, ну и случайная смерть в пьяной драке, но это уже в самом конце. Жена кладет на могилу цветы, дети моргают, силясь понять, где же все-таки папа, а папа лежит под землей и думает: «Господи, наконец».

В самом же общем случае, а это он и есть, уверяю вас, можно утверждать следующее: проходит время, проходит место, проходит боль утраты; выносим за скобки «проходит», получаем: проходит (время, место, боль утраты); но время минус место и есть боль утраты; подставляем «время минус место» вместо «боли утраты», получаем: проходит (время, место, время минус место); раскрыв скобки, получаем: проходит время, проходит время, т.е. проходит в два раза больше времени. То-то я смотрю вдаль отсюда. Там, вдали, в скором будущем, стоит Леонид, тоже смотрит вдаль и думает: как быстро все же идет время, и еще думает: может быть, потому прошлое и стало сливаться с настоящим? Ведь где-то это время брать надо, а в прошлом его было больше чем достаточно. И еще думает: все пока – тьфу-тьфу-тьфу, чтоб не сглазить – неплохо, дай Бог, чтобы дальше было не хуже. Потом он трижды стучит кулаком по деревянному поручню пирса, потом он слышит, как где-то в тумане пароход издает звук «у», и ему делается грустно, но не настолько, чтобы об этом писать, а совсем чуть-чуть.

«Май, а холодно», – думает наш герой, к которому мы, согласитесь, уже успели немного привыкнуть, потом он издает звук «б-р-р» и куда-то пропадает из поля зрения.

1993

История
одного преступления

Второму мужу моей кузины Марины Теодоровны, бывшему рационализатору Алеше, крупно не везло, и он это понемногу начинал сознавать. Как ни гарцуй, отдельная неудача может быть случайной, но что, присоветуйте, делать с неудачной полосой шириною в юность и длиною с Проспект Ветеранов Труда? Игнорировать? «Непрушник я хронический», – сокрушался второй муж моей кузины Марины Теодоровны бывший рационализатор Алеша, но все равно она очень любила его и ревновала к другим программершам. Спину регулярно чесала волосатую, по субботам готовила гренки (он их с медом любил), а ночью соглашалась почти на все, что он стыдливым шепотом требовал от супруги, тяжело дыша в ее белый затылок.

На заводе спертых газов рационализаторов кабинетных, вроде второго мужа моей кузины Марины Теодоровны, особо не жаловали. И когда однажды он превысил полномочия и ему впарили три года химии, взяв подписку о невыезде, а путешествия за бугор продолжали манить модной, удобной обувью и сухариками к баночному пиву, разве мог он надеяться на кассацию? Постоянным местом жительства там (там-тарам, там-тарам) – кого угодно смутишь этим чуть ли не Дантовым искушением... Но все описанное сзади осталось выше, в далеком Новочеркасске, где зимой бывало так тоскливо и ветрено, что простым работягам спертых газов – и тем хотелось плакать навзрыд и петь, подражая Визбору и Окуджаве.

А сейчас, семь лет спустя и уже в Сан-Хосе, где у Алеши после безвременной кончины моей кузины Марины Теодоровны (инсульт), появилась молодая женщина (интернет), которая на каблуках была выше его на целую голову, а босиком он мелко-мелко любил целовать ее ключицы и живот, вдовец Марины Теодоровны бывший рационализатор Алеша работал мясником в Силиконовой Долине. Только не ухмыляйтесь: возможно, это и не так престижно, как ваша новая специальность, но тоже очень неплохо оплачивается, правда, вставать нужно рано. Помните туши Сутина, особенно так называемого зеленого, протухшего периода? Точно так же и вдовец моей кузины Марины Теодоровны бывший рационализатор Алеша, но не маслом на холсте, а уже, получается, тесаком по мрамору.

А потом он с этой женщиной (Валентиной «через не могу» Отс) расстался. И с тех пор ее перетрахало полгорода. А пока они жили вместе – тоже, правда, другая половина.

Когда бывший рационализатор Алеша в очередной раз обвинял Валентину в измене, она поначалу отпиралась, потом принималась плакать или дерзить, поостыв и смекнув, что улики бойфренда неопровержимы, во всем сознавалась и, чтобы задобрить рогоносца, великодушно дозволяла трахать в попу. Ей самой так нравилось, но она, плутовка, умышленно кричала во время соитий, чтобы дать партнеру понять, что для нее это сущая пытка. Так исподволь она приучила Алешу к анальному сексу, о чем впоследствии с юмором писала подруге в Миннеаполис.

Но рассказ не об этом, а о том, как Алеша переехал в Нью-Йорк, где он снова встретился с этой самой Валентиной Отс на тусовке у одного парализованного гиперреалиста в Челси, и она, намекнув на возможную близость (а у него как раз был период вынужденного воздержания, и это было написано на его нестаром еще лице жирным шрифтом), подбила Алешу на ограбление некого бакинского мультимиллионера, что жил на углу Парк-авеню и 79-й стрит, и ограбление это прошло относительно успешно. Правда, что делать с телом, они заранее не согласовали. А кто знал, что он окажется дома и станет сопротивляться, богач этот?

Что с бабками делать будем?

Делить, как что?

Пополам?

Не-а. Давай так: мне все, тебе расписка.

Не смешно.

Пополам, пополам. Пола-па-пам.

А труп?

Мож, в «Армию Спасения»?

А может, хватит шуток дурацких? На сегодня, по крайней мере?

Труп – родителям, все равно ни хера не делают, сериалы смотрят.

Прошу тебя, Валентина. Я устал.

Бедняжка. Ты и мясником, когда вкалывал, уставал, Алешенька.

Да, уставал. И что?

И меня мало трахал.

Достаточно.

Мне мало было.

Достаточно.

Интересно, потому, что не любил, мало трахал? Или потому, что не хотел?

А когда он тебя трахал, миллионщик этот, это как было? Много?

А какая разница? Это для пользы дела было.

Нет, ты колись. Как это было?

Да он через минуту уже кончаловский андрон. Я и не чувствовала ничего.

Это с сожалением говорится?

Нет, ты явно ябнутый. Ревновать к трупу в багажнике!

И все же?

Это с пренебрежением говорится. Бесстрастно. Равнодушно говорится. Успокойся.

Равнодушно отсасывала? Индифферентно в рот брала?

Замолчи, дурак. И не пропусти тоннель.

Ты и в Сан-Хосе мужиков в дом приводила. Пока я туши разделывал, чтоб мортгидж выплачивать, приводила. Дрянь.

Ты понимаешь, что эти разговоры сейчас ни к чему, Алексей? Ты меня вывести из себя хочешь? Считай, что уже вывел, придурок! У нас брюликов в бардачке на лимон с копейками. Попробуй в своей вонючей лавке столько заработать! Сутин кот. За всю жизнь не заработаешь! Что ты можешь без меня? Ну что? Что?

А нафиг я тебе тогда понадобился? А? Не могла другого с машиной найти? У тебя ж хахалей пол-Квинса.

Я тебе скажу зачем, мудила. Мне жалко тебя, понял? Жалко. И дала я тебе тогда, в первый раз, из жалости. И жила с тобой, неудачником, из жалости. Из жа-лос-ти!

Из жалости? А где ж любовь? А в зад тоже из жалости заставляла, засранка??

Нет, я умру сейчас, люди. Любовь? Где ж ты слов таких понабирался, пидор?

За пидора ответишь.

Пидор и есть.

Сейчас остановлю машину и высажу. Этим все кончится.

Хрен с два этим кончится. Я в полицию заявлю. Понял?

А сама куда? В Тимбакту? Ты ж сама его раскрутила. А потом замочила.

Да? А улики? Там везде твои отпечатки! Твои пальчики, милый. Ха-ха-ха.

Замолчи. Клянусь, пиздану сейчас. Вот этой рукой пиздану.

Как тогда? Как в Сан-Хосе? Ты и тогда меня бил.

Потому что бегала в кусты с кем попало.

Потому что ты никакой был. И ебал мало. Поэтому бегала. Вот так. Больше ебал бы, меньше б бегала. Импотент!

Пизда.

У этой истории есть продолжение, точнее, конец. Валентина застрелила Алешу там же, в машине, недалеко от г. Елизабет, штат Нью-Джерси. Вот как это произошло: он замахнулся, но бить не стал, хотел напугать только, она вытащила из сумки пистолет, чтобы его остановить, левой рукой он схватил пистолет за дуло, но неожиданно для себя (так она заявила на следствии) она спустила курок. Раздался выстрел, машина резко свернула на обочину. Полиции понаехало. Две скорые. Ее арестовали, судили. Она ему в грудь выстрелила волосатую. У него спина и грудь волосатые были. Пришлось брить перед аутопсией. Процедура на любителя. Но и мясником работать – не для всех. Почему он не попробовал устроиться в Америке по специальности? Не стал программистом, как все? Две причины: язык, точнее, его отсутствие. Вторая: он ненавидел программирование, хотел пойти другим путем. И пошел: связался с шальной бабой, 34 года авантюристке было, – и лишился жизни. Мог еще жить хороших 15 лет. Изобретать, рационализировать. Усовершенствовать тостер. Я к примеру. Чтобы не два тоста сразу выскакивало, а 10–15. Для больших семей, для многодетных. У него же фантазия была феноменальная. Мог сам миллионером сделаться. Жить на Парк-авеню. Зачем он связался с ней? В ней еще в Таллине была эта авантюрная жилка. Я не морализирую, я рассуждаю вслух.

Зачем ты меня бросил?

Это я тебя бросил? Когда бросаешь, все равно кажется, что бросили тебя. Предали, обманули в ожиданиях. Не обманули бы, не бросил, – это она могла так философствовать, а не хвататься за пистолет. Если б не задумала избавиться от него всеми правдами и неправдами, когда подбивала на это дело, хитрая женщина: она-то с миллионером этим покойным полтора года состояла в интимной связи, и если б не его скаредность, она на это злополучное ограбление не решилась бы.

Положим. Но ты, ты никогда не любил меня, – а Алешу она решила (на ходу, на выставке, или еще в Сан-Хосе, возможно, с нее станется) взять в сообщники, поскольку хотела, если что, свалить всю вину на него. Она знала, что он неискушен в жизненных вопросах, а на хорошего адвоката денег у лоха не будет.

Любил, не морочь, – он и вправду Валентину по-своему любил: ревновал, трахал сами помните куда, и без презерватива. Потом хуй говном пах, но кто принюхивался?

Не любил, – ну вот, пристала к человеку, а все для того чтобы вывести из себя. И вывела.

Как ты это докажешь? – Действительно – как?

А как докажешь, что любил? – тоже справедливый вопрос. Многое в любви (и в не-любви) принимаешь на веру.

Как доказывают чувства? Словами. Поступками.

Я не знаю, – он мог ответить. Хотя иногда поступками ничего не выразишь, кроме самих поступков. Я потом поясню.

Подарки дарил? – Вот. Если бы он ей напомнил о подарках, а он действительно задаривал ее в Сан-Хосе, возможно, она опомнилась бы и не хваталась за оружие.

Дарил, – и недешевые. Я в конце перечислю.

В поездки брал? – Еще как: в Амстердам, где они накурились до чертиков, пару раз были в Индии, в Венеции блевали в канал.

Брал, – попробовала бы она отрицать такие самоочевидные вещи.

И что? – это опять Валентина его доставала бы. Хороша девушка. А что она еще хотела?

И все.

И все?

А что ты еще хотела? В Венеции омаров ели на набережной? В канал блевали? Блевали на закате. В Сан-Диего устрицы ели на веранде? На рыбалке с Крамаровичами трижды были? (Крамаровичи – это его друзья, тоже из Новочеркасска, у них очень приличный дом в Сан-Диего). Камбалу поймали величиной с воскресную «Кроникл»? В галереях тусовались? Вот это уже сомнительно, в Сан-Хосе галерей не так много, а в Нью-Йорке к моменту их встречи он месяц жил у приятеля, искал квартиру, все жутко дорого стало: что Бруклин, что Квинс, что Вильямсбург, – дорого, дорого, дорого. Все очень и очень дорого. Не до галерей.

Миллионера Алеша разрубил. Адвокат Валентины выкрутил дело так, будто преступление было Алешей задумано из ревности, а Валентина была сообщницей. Она получила десять лет.

А подарил он ей в свое время: лампу «Тиффани», перчатки и шарф дорогие, кажется «Диор». Плоский телевизор на куриной ноге: Сараундсаунд. Шифоньер. Серебряный набор для фигурного катания. С какими-то бубенцами. Игральные кости редких животных (сказалась мясницкая жилка). Зарабатывал не ахти, а щедрым был. Все, нет Алешки. Пиздец рационализатору. Похоронили его.

2002

90-е

Вот эти вот кнопочки маленькие, и вот эти тоже, и те кнопки, что побольше, вот такого где-то размера, ну и там, повыше, рядом с той коробкой под колосниками, гигантские кнопищи, я таких раньше никогда не видел – все это представляется только лишь в моем воображении, или же оно всё: все эти малюсенькие, средних размеров и большущие кнопки являются неотторжимой частью реальности? Другими словами: видите ли вы их? Не видите? Так, поехали дальше.

В теории все просто: за нами наблюдает объективная ирония, я в Москве, торгую чугуном и арматурой, встречаюсь с обольстительной студенткой МГУ, сейчас с ней нахожусь, предположим, в театре, в антракте потакаю ей в буфете, задабриваю девушку эклером. Но это в теории. А на практике: и субъективная ирония и ироническая субъективность, и сама Александра претерпевают непрерывные превращения. И это путает меня. Путает.

«Воля к зрелищу и иллюзии, в отличие от воли к знанию и власти, есть еще одна разновидность фундаментального цинизма». Александре спектакль, сколько могу судить, не нравится.

– Шума много. И не смешно, – на мгновение раскрылась она и снова села и до самого финала не вставала.

Она так мила! Она сводит меня с ума. Со мной давно такого не было.

Что это? Это мое воображение, или эта коробка, вон там, смотрите, где кнопки уже величиной с планету Юпитер, вот та коробка, понравится она Александре? Или наоборот: она мне должна понравиться? Сколько вопросов, на каждом шагу вопросы! Почему боги живут и прячутся только в не-человеческом, в объектах, в животных, в области молчания?..

Пусть человекобог абсурден. Бог, сбрасывающий ироническую маску не-человеческого, оставляющий животную метаморфозу, где последняя в тишине воплощает принцип Зла, такой бог, обретая душу и лицо, одновременно принимает лицемерие человеческой психологии.

«Распускается золотой ремень, – думала Александра, засыпая, – спадают пеленки, и вот уже Аполлон требует лук, лиру и заявляет во всеуслышанье о своих будущих прорицаниях».

А тем временем или чуть раньше, в коробке, незнакомец А., выдержав паузу, промолвил: «О, я тебя убью!»

Сделаем небольшое отступление. Было не раз подмечено, что мы не в состоянии воспринимать чужое психическое таким же образом, как физическое. Возможен лишь синтез психического, достижимый посредством перечисления ряда внешних признаков психического состояния: напр., игра желваками и/или выступившие на лбу крупные капли пота и/или злобный шепот, которые, сравнив с нейтральным голосом телеобозревателя, скажем, или с сухим и теплым лбом той же Александры, мы сможем детерминировать как признаки крайнего возбуждения. Трудность же предыдущей сцены заключалась прежде всего в том, что незнакомец находился в коробке, и наблюдать за ним не представлялось возможным. К тому же слова его были произнесены ровным голосом и обращены неизвестно к кому. Возможно, в коробке он был не один, возможно, он мыслил вслух и/или...

Когда мы говорим об объекте и его фатальных стратегиях, мы говорим о личности и ее/его нечеловеческих стратегиях – это не я сказал, а некто рядом. И чуть погодя пояснил свою мысль.

– Поручение твое мною исполнено, – донеслось со сцены. – Вчера в театре объявил я, что ты занемог нервическою горячкою и что, вероятно, тебя уже нет на свете.

А это уже цитата.

И это тоже цитата.

Я это уже где-то слышала.

(Это была цитата).

Пустословие связывают со стихией комизма. К этой стихии относят, например, пустословие, встречаемое в фольклоре, где оно, соседствуя с небывальщиной, с абсурдной и запутанной речью, служит для выражения комической бессмыслицы или плутовства, усыпляющего сознание. Надобно отметить, что тактика эта принесла ощутимые результаты: Александра спала на моем плече, губки ее раскрылись, ее верхняя губка – природа, ее нижняя губка – судьба. Я, повинуясь древнейшему из инстинктов, попробовал было заглянуть краешком глаза в рот Александры, но тут снова погас свет и началось третье действие.

У небольшого пруда беседовали двое: красноармеец без двух рук и белогвардеец без двух ног, расположенные перпендикулярно друг к другу. На одном из них был объект диаметром около двух единиц, на втором объекта не было, но ему казалось, что объект на нем все же был, и эта иллюзия делала его уязвимым, однако белогвардеец не знал этого – его душил кашель. Было видно, что он при смерти, о чем свидетельствовал нездоровый румянец, покрывавший его с головы до обрубков ног. На том берегу пруда разорялись лягушки, колосилась пшеница, солнце клонилось к закату. Разговор инвалидов был неспешен. Один говорил: «Это мое, это мое и это мое, а вон то, воона то, и вот энто – то уже не мое, и не мое, и не мое. Эти – эти мои, и эти мои, а те – те уже не мои, и те не мои».

Второй уточнял: А чьи они?
Первый: Какие, вон те?
Второй: Те и те, и те.
Первый: Те – мои, эти – мои, а вот те и те – те тоже мои.
Второй: А чьи те?
Первый: Те – не мои.
Второй: Чьи же?
Первый: Ничьи.
Второй: Значит, не твои и ничьи. Чьи же?
Первый: Ничьи.
Второй: Чьи, чьи, чьи?
Первый: Ничьи, сказал.
Второй: А кому они тогда принадлежат?
Первый: Никому, полагаю.
Второй: А те, что твои – они твои по какому такому праву?!

Первый: Ну, во-первых, я приобрел их, во-вторых, унаследовал, в-третьих, захватил, в-четвертых, проник внутрь них, в-пятых, я продумал их до конца, в-шестых, они мне очень понравились, я цитирую их, ношу на себе все время, не снимая, не расставаясь, я повторяю их по себя. А те, что не мои – я снимаю их на ночь, не ношу забываю и непонятны они мне.

Второй: Теперь о тех, что ничьи. Они не твои и не мои. Значит они его, ее или их, да?

Первый: Да.

Вдруг раздался грохот, все мгновенно потемнело, и только зрение незнакомца А. в коробке парадоксально оставалось нетронутым. Оно апроприировало пустоту, делало ее почти осязаемой. Может быть, даже хотелось думать, но предметов-то уже не было. Молодой человек без ног обнимал молодого человека без рук, они весело смеялись, разговор их был непринужден, предметы не мешали им более.

Я сидел в кресле, боясь пошевелиться. Не хотел нарушать сон Александры.

Мне отчего-то тоже сделалось весело. Мне даже показалось, что у меня где-то под сердцем начинается человек. Этот человек был я, но поменьше и чуть свободнее, добрее меня. И лучше.

Многое для меня сделалось ясным в тот вечер. Например, что субъект-объектное противостояние все же незыблемо, и иллюзий на этот предмет строить не следует. И еще, что сначала следует изменить внешнее, затем стать частью этого внешнего, и уже потом, осознав себя частью внешнего, самоощутить себя другим. А переехать в другое место, освоить другой язык или поиметь другую гражданочку – это, извините, самообман, смена декораций. Это как ремарка «Между вторым и третьим действием проходит год». Год не между действиями проходит, но внутри них.

В коробке послышался выстрел, потом звук упавшего тела, негромкая музыка, и напоследок, жидкие аплодисменты.

Ну, а кнопки, с которых всё началось, действительно были всего лишь в моем воображении. Я говорю «всего лишь» не в пейоративном смысле, но одного желая: подчеркнуть, что за пределы моего воображения они почти не выходили.

А в это время или чуть раньше на Старом Арбате, поближе к Смоленской площади, сейсмолога Андрея будоражила следующая мысль: я не чувствую в себе достаточной силы духа решиться на переезд в Канаду. Во-первых, лихорадило его, что я буду делать в новой стране, без знания языка, средств, ноу-хау, а? Во-вторых, ну и пусть здесь все зыбко и непредсказуемо, лучшие инсталляции недоступны отечественному зрителю, друзья-постмодернисты окопались по Берлинам и Парижам, в театрах пусто, в кинозалах – дискотеки, жене все обрыдло, а она мне, но Ницше, извините, выходит? На Шопенгауэра, этого певца пессимизма, я уже оформил подписку? Хайдеггера издали наконец? И – черт возьми! – хороша все же Москва после дождя, на асфальте отражаются дети, пожилые интеллигентные женщины с флагами, молодежь, гуляющая парами и в одиночку, эрдельтерьеры – словом, компоненты реальности, данной нам в наших ощущениях.

– Все на выборы в Государственную Думу!! Голосуйте за «Выбор России»!! – завопил вдруг Андрей в каком-то траурном экстазе.

Его окружили любопытные и избили до полусмерти. В больнице к нему явился ангел Господень и нашептал вот какие слова:

«Ожог от жизни – это еще не вся правда, Андрюшенька. Ожог от жизни – это так, передышка. Влево взял, а там проезд запрещен, кирпич повесили, тут объезжать надо: крутимся минут десять, находим дом, но вокруг болото, хоть костьми ляж, а возвращаться поздно, второй час уже, да и раскурочено там все, обои облезли. Ожог от жизни заживает, память остается, а за неимением событий извне, это все, что у на есть на сегодняшний день. Так что – думай».

Умер Андрей во сне от кровоизлияния в мозг. Это произошло уже в 2021 году в Монреале. Жена об этом так ничего и не узнала. Она снова вышла замуж, на сей раз удачно.

А в это время или чуть раньше, в Нью-Йорке, одна женщина громко икала. Вы, конечно, помните половую жизнь?

Ее ноги, покрытые вашими поцелуями? Желание, бьющее через край? Сочность? Елена Марковна наложила на себе руки отнюдь не случайно. В знак протеста. Она была нестабильна в материальном смысле и в моральном. Помните ее язык у вас во рту на рассвете? Забыли уже. А я вот помню. Астор-Плэйс, у чугунного куба. Кругом мусор, голуби.

Когда приехала полиция, было еще рано. Она умерла на чужбине, в эмиграции. Вдали от родного причала. Там, в бледных отблесках кто-то гноился, и мочились на него все, кому не лень. Девки молодые приседали и мочились, обхватив руками толстые колени. Их задницы белели над сонной водой. Лесков, коммерческий директор одного малого предприятия, также мочился веером, теребя дряблый свой членик. И это она оставила ради далекой заграницы? Что она забыла в этой своей Америке? Кто она там? Секретарша. Точка. А у родного причала она на общих правах могла бы стянуть трико, присесть на корточки и сладко поссать на голову разлагающемуся человеку по фамилии Репейников. Вразумительного ответа жду. Вразумительного.

В итоге чего она, спрашивается, икала? В итоге испуга, вследствие его. Неудачный роман с сослуживцем, менеджером одной из десяти ведущих страховых компаний Большого Нью-Йорка – единственная ли это причина смерти Елены Марковны Мироновой, бывшей художницы из Ялты? Какой еще к монахам Ялты? Она там отродясь не была.

Помните ваш с ней курортный романчик из разряда «последняя отрыжка молодости»? Забыли? И тепло, разливающееся по вашим семейным, трусам также не припоминаете? А Нью-Йорк, где снова вспыхнул ваш охладевший было… Было, все было. В итоге же она икала.

– Ну зачем глотать, глупышка, – ласково шептали вы, поигрывая ее резиновым дружком.

– А для цвета лица.

И вот ее не стало. Вы есть, я есть, ее мама лингвист Ауэрбах имеется, а Елена Марковна медным тазом накрылась. Художница! Сидела бы в своей Ялте и не чирикала.

А у ее двоюродного брата, Анатолия Севастьяновича Карателя, проживающего прямо наискосок от Центрального рынка, было любимое изречение: «Доска, досточка, дощечка». Этой фразой в зависимости от обстоятельств, а они у него постоянно менялись, он мог выразить либо… /либо… И вот, в один прекрасный день к нему пристали какие-то молокососы у коммерческой палатки возле м. Бауманская. Он опешил. Молокососы! На кого руку осмелились поднять? Посягнуть на кого посмели? На Карателя? На Карателя! На Кара… ой, дяденька, не бей! Больно же! Мы пошутили! А доской их! Досточкой их! Дощечкой! По мозгам! По мозгам! Чтоб знали! Распоясались. Достаточно.

А по, а по, а по пригорку, неспеша, шла Катя. Очень хороша. Бюст вздымая на ходу, шла Катюша хау д'ю ду? Доска. Здесь и далее должны были произойти поистине невероятные события, свидетелем которых должен был стать Каратель А.С., пенсионер, филателист, кандидат в мастера по шахматам. Доска, кашель, газетка, именные часы. Катя же должна была сделаться невольным или невольной (Катя – мальчик Трофимов на самом деле, но это должно было выясниться чуть позже) свидетелем смерти Карателя, который подобно Ролану Барту, но позже знаменитого француза на добрые пятнадцать лет, должен был попасть под грузовик. И это в разгар лета! Доска почета, там и там. Резвятся наемные убийцы. Слышны взрывы хохота. Хороший смех. Катя бренчит на гитаре. Вот эта песня, которую исполняет мальчик Трофимов звучным тенором:

Стирают и люди белье,
Врачует и время уколы,
Укромные мамины взоры
Бальзамом сидят в голове.
Убиться так: прыгнуть чтоб брызнуть
Мельчайшей частицей себя,
Цепляться за жесть карниза,
А после – всей тяжестью низа
Сорваться, не помня себя.
Укромные матери взгляды
Врачуют мои позвонки,
И теплые мамины платья

И нежные мамы штаны,
И шелковой мамы чулки.
Но гулки судьбы закоулки
Гектары земли далеки.

А в это время и ни минутой раньше, совсем маленький мальчик проснулся в своей кроватке и увидел, что за окном у птицы в клюве висел кусок человечины. Она питалась человечиной.

– Это что-то новенькое, – решил мальчик.

– Я бездарен, это очевидно, – думал папа мальчика, молодой, неуверенный в себе физик-атомщик.

– Да ладно тебе, – запустила в него клипсами мама мальчика, миловидная женщина, кажется, психолог по образованию.

Познакомились они на дискотеке. Она медленно танцевала. Глаза ее были словно два изумруда. Папа мальчика почувствовал, что с ней он будет счастлив даже в Новой Зеландии.

Мальчика во дворе обижали ребята постарше. Они давно грозили порвать ему пасть, но все руки не доходили. А тут.

Хоп-билибили-хоп-хоп, женщина моей мечты – вмешался папа мальчика. Ребята врассыпную, мальчик – в слезы.

– Мужчина ты или девчонка? Если мужик – не хнычь.

Новая Зеландия: ни разу там не был, но попробую описать. Значит так: «Макдональдсы», бензоколонки, кинотеатры, концерты, живописные закаты…

Хорошо бы, конечно, все это связать с тенденциями общегосударственного и даже мирового значения, например, с экологией, событиями в Африке или в Крыму. Но все и так со всем связано. Спросите у Лейбница, если мне не верите.

А фамилия мальчика была Поликарпов. В конце концов он стал знаменитым виолончелистом. Отец его получил Нобелевскую премию, мать тоже.

Хоп-билибили-хоп-хоп, хоп-билибили-хоп, женщина моей мечты, женщина моей мечты.

1994

Де Кунинг

Незадолго до развода с Вероникой Сергеевной Петр Андреевич с головой ушел в свои абстракции: наловчился стрелять по баночкам с гуашью, каковые баночки расставлял на равных расстояниях друг от друга перед холстом, прикнопленным к стене гаража на два автомобиля, темно-вишневый BMW супруги и собственный, неопределенного цвета Capri. Баночки разлетались в разные стороны, краска разбрызгивалась по холсту, образуя всевозможные абстрактные фигуры: перистые облака в виде всадников, похищающих тучных сабинянок; виноградные лозы, смахивающие на тонконогих твистующих модниц; фижмы кизилового цвета, от которого рябило в глазах. Петр Андреевич и раньше любил визуальные искусства и даже немного лепил по выходным, но перспектива существования без супруги заставила его всерьез взяться за кисть, точнее, за ружье, чтобы по-новому осмыслить, что же на самом деле есть искусство, а что жизнь. Жена как модель, как объект желания, лишенный третьего измерения, но с авоськами и в бигуди, абстрактная жена а la де Кунинг, неулыбчивая и редко дающая, стала довлеть над всеми его помыслами. После стрельбы Петр Андреевич относил холсты в сарай, где тщательно, иногда неделями, дорабатывал их, привнося элемент дизайна, а, стало быть, и смысла, в априорно хаотические продукты акционизма, которые он, то ли в шутку, то ли всерьез, стал именовать арт-артом (или артиллерийским искусством).

Вероника Сергеевна давно намеревалась бросить курить. От плебейского «Парламента» хотела было перейти на ментоловый «Данхилл», но ее близкая подруга, преподавательница йоги Кимберли Болик, сообщила ей однажды за фрапуччино, что ментол еще более вреден для здоровья, чем обычные сигареты, и вот тогда-то полнощекая и зубастая Вероника

Сергеевна решительно затушила последнюю сигарету в чахлом садике при «Старбаксе», поскольку так себе пообещала годом ранее во время пятиминутного приступа кашля в салоне красоты, где работала менеджером. Она разлюбила мужа прошлой осенью и так и сказала ему об этом. Я тебя не люблю, сказала она Петру Андреевичу с брутальной откровенностью. Тот пал духом, но виду не подал, отшутился. Достал из холодильника запотевшую бутылку Carlsberg'а, сделал два больших глотка, потом пошел по банкам стрелять. Это была для него своего рода арт-арт-терапия.

И вот тут в ожидании более мощного электронного микроскопа появляется в повествовании некий профессор иммунологии, из немцев. Откуда он взялся (Вупперталь?) и как оказался в наших широтах («Люфтганза»?) не помнит никто, но на именины к себе он зазвал всех, хотел со всеми сойтись покороче, чтобы и его все к себе приглашали. Он чувствует необычайный прилив сил на новом месте и раскачивается на каучуковых своих подошвах, приветливо улыбаясь гостям и насвистывая арию Розины из «Севильского цирюльника», а мы стоим с Клер в углу как бедные родственники и не знаем, можно еще вина или нет, можно тостиков с гусиным паштетом или неловко это, можно пригласить жену немца на танец и кружиться с ней по гостиной, а после, взяв под руку, говорить двусмысленности, пока внизу пытают этого «австро-венгра», бьют его по заросшему щетиной лицу (тапками, но все равно больно), а Петр Андреевич рассказывает зевающему в кулак брату виновника о том, как Рональд Рейган ему часы в свое время пожаловал за то, что тот спас жизнь президенту, когда в секретной службе в отделе баллистики стажировался, а Вероника Сергеевна с мамой жили в Джорджтауне, где они и свели знакомство, и он спросил ее на первом свидании, скажите, кто ваш любимый режиссер, только честно, а она смутилась, но нашлась: Билли Уальдер, говорит. Но ранний.

Не так ли и пожилые рассказывают о своей жизни молодым, думая, что молодым это интересно, а молодым это не интересно? Не так ли и вы им о себе, думая, что это о жизни и потому о них тоже, и им это интересно, а это о вас, и никому и даром не нужно? Они кивают, но каждый кивок их – скрытый зевок, не обольщайтесь на этот счет, прошу вас. Ваша жизнь прошла и не нужна никому, и не потому лишь, что место было другое и нет его, но и потому, что время было другое и тоже нет его. Место изменилось, а время прошло. А вы как функция и того, и другого тоже отсутствуете, точнее, другие, и не нужны ни здесь, ни сейчас. Тем более, что то, в чем вы пришли, давно не носит никто. И воротнички сейчас другого фасона, и цвет другой: ярче или вообще салатовый. И вторые подбородки младше тридцати пяти не носят, и мешки под глазами в стиле ретро. И грусть, и усталость, и разочарование.

Она симпатичная, эта немка.

На следующий викенд договорились у Петра Андреевича. Он снова будет показывать часы, которые ему пожаловал Рейган, он всегда их показывает. А Вероника Сергеевна бросила курить и на нервной почве настаивает, чтобы ее прижимали в танце. Я готов, но только с Петра Андреевича любезного разрешения. Дело принципа. Потом абстракции пошли.

На полотне фонтан, в фонтане рыбки, на скамейке женщина с коляской, «И один в поле воин» читает, это про разведчика книга. Надо же: стрелял Петр Андреевич по баночкам и наобум, а настрелял маму с книгой, меня настрелял шестимесячного, городской сад с фонтаном, велосипедистку в черном. Или это мальчик на самокате с вытекшим глазом шустрит, не разобрать, но красиво всё и жизненно очень.

Негодяй бьет свою венгерку-жену и приговаривает: «От так! От так вот! От так вот это вот!» И как таких земля носит на своей зеленой сутулой спине? И куда смотрят соседи в телевизор?

Девушка с букетом принарядилась, ждет жениха. Притопал хромой чертяка какой-то, долго не отпирала, но засахарилась и воленс-ноленс села к нему на хвост. Он в бумажный стаканчик пискнул только.

Петр Андреевич в шутливой форме принимает комплименты. Иммунологу работы нравятся, Клер тоже. Хотя тут ее склонность не обижать людей скорее сказывается. Отношение Клер к абстрактной живописи я знаю. Что высралось, то и абстракция, заключила она после недавней экспозиции Макса Уолленштайна в Вашингтоне. Тихо, чтобы никто не услышал, заключила.

Теперь так. Давно стало общим местом подтрунивать над современным искусством, лить воду на мельницу апологетам мимесиса и катарсиса, вяло и беспомощно злословить по поводу молниеносного взлета хорватского перформансиста, имя выскочило, ну, усатого этого, того, что на Гималаях целый месяц в мегафон против глобализации чихал. А жизнь не стоит на месте. Если еще вчера можно было бездоказательно проводить параллели между удовольствием от скульптур Дж. Кунса начала 90-х и удовольствием Дж. Кунса от его итальянской супруги Чичиолины, то сегодня эти ласковые: fuck that cock! fuck that cock baby! настоятельно требуют более вдумчивого подхода. «Медведь и полицейский», о чем это? О детерриториализации? О сумме прописью? Да, смешно. И всё? «Мартышка и очки» на Патриарших тоже смешно, но внятно, и мораль есть.

Но где же хозяйка? Вероника Сергеевна что-то показывает брату профессора в гараже, уже минут 20 показывает. Неужели она не выдержала, и они там курят вдвоем? Брат профессора, совсем еще молодой, неискушенный в житейских вопросах человек, часто краснеет, когда к нему обращаются дамы. Кажется, ему нравится Клер. Он здесь третий год, учится на офтальмолога. Это он задержал «австро-венгра» при попытке перейти границу, причем совершенно случайно.

Сравнивают землю без урожая с женщиной, оставленной мужем. А с чем сравнить мужчину, оставленного женщиной? С урожаем без земли? Но откуда ему взяться – без земли?

Исчезают люди. Одних находят, других и не ищут. Еще людей крадет время. Вот она молодая-привлекательная, а вот у нее уже седые волосы в самых неожиданных местах.

Черт в белом трико разгуливает по веранде, всем сулит вечную молодость. Один дурак клюнул. Второй дурак клюнул. Третий не дурак вроде, а ведь тоже клюнул. Сейчас грустит: все друзья померли, позвонить не к кому.

И еще: двое навеселе, останавливаются, один другому: «Знаешь, что самое главное? Самое главное...» и идут себе дальше. А я стою, но что самое главное – не слышу. Не идти же за ними.

2004

АБЦ-2

Они познакомились в интернетной болталке. Сугробы на улицах затрудняли движение. Вдова полицейского, возвращаясь заполночь от агента по недвижимости, упала навзничь и вывихнула ключицу, ее везли в Бельвью-госпиталь, она постанывала на ухабах. Мело, мело, как уже писал Пастернак. Луна была полной и бледной, как зад невозвращенца на пособии.

Кристина была замужем за эндокринологом, и это настораживало, а впрочем, ни его, ни ее сей факт не остановил от грехопадения. Эндокринолог, как тот кот ученый, и днем и ночью пропадал в лаборатории, и, похоже, что пара-тройка реальных, не то что виртуальных, интрижек молодой супруги не заставили б его остановиться, оглянуться. Идет налево – сказки говорит. Она – эндокринологу. И вот, когда питерский кузен, сидевший у Абрикоса на голове второй месяц кряду, вернулся, слава тебе, в город, знакомый до слез, Кристина стала всерьез подумывать о Нью-Йорке.

Сначала она присылала ему фотки пятилетней давности, но Абрикос настаивал на обнаженке. Обнаженки под рукой не оказалось, а просить супруга отщелкать ее в будуаре Кристина не решалась. И тогда Абрикос попросил прислать: трусы, колготки, лифчик. Так пролетел февраль.

Абрикос надевал ее белье и воображал, что он на самом деле не он, а она. И так ходил, вертя задом, по гостиной. Соседи напротив разводили руками. Мужик в лифчике. Тьфу? И ничего не тьфу, а скучал он по ней очень, вот и фантазировал после службы.

О службе. Мы с Абрикосовым отстреливаем роботов из будущего. Работка та еще. Сам Абрикос из Белой Церкви (АБЦ-2), я – ялтинский (ПЛЯ-4), люблю туристок, море предзакатное, толпу на набережной, хиппарей в Геленджике, женщину тонкобровую одну (сейчас у всех двойни из-за препаратов, она и комплексует, нетерплячая), но у меня так: сперва-наперво дело, которому служишь, ну а девушки, а девушки – потом. Так вот, наше с Абрикосом дело, а познакомились мы на курсах, в батумском Спецробонаде-3, – охота и отстрел (читай: нейтрализация путем отключения аккумуляторов или песок им, стервецам, в задний проход, где топливо у них, чтоб не выпендривались и детей наших не чи́пали) сексуально амбивалентных роботов из будущего. Или как их еще называют в научной фантастике – ананов (андроидов андеграундных). Что и привело нас на Брайтон.

Абрикос, тот сразу официантом на бордвок – для конспирации, натырку дали дома, спонсирует народ похлеще Гуся-1.0, но россияне. Проект по декупажу «Лаэрт-6», чей он отец, вдовец, племянник и брат – напоминать не буду. Тронул – ходи, у нас так.

Теперь следующее: я снимаю свадьбы. Через мою линзу (или, как каламбурит биг-босс Бенни, «бедную линзу» – я ее два раза об пол грохал, а Веня здесь с конца 80-х, старожил, язву нажил, преподавал русский в Чебоксарах, а пищевод у него уже тут вырезали, и неудачно, но это всё в фигурных скобках) – так вот через мою «бедную линзу» много местного люда проходит, под хупой и так, в смокингах-таксидах и в красивых нарядах от Нины Риччи. Почему Брайтон? Продукты лучше, роботы-челноки тут и окопались. «Марс» рядом, будущее тоже не за фурункулами, первопоселенцы там, комар носу не подточит, ну они туда-сюда, сворачивают пространство, снабжают пионеров по полной. У корейцев берут на углу, у наших, помидоры, киви, синенькие, фантастику П. Левина прямо с лотков. Это целый культ там. Непременно чтоб про шаманов-космонавтов, ну и по складам чтоб разбирать возможность была, когда в ракете тряско.

Одна проблема: на роботов пока не вышли. Беседовали уже с учетчиком Феликсом Яковлевичем из «Мальвины», у него сын почти отвечал описаниям: глаза красные и на выкате всегда, а не только от моего «Кодака», что тоже не облегчает. Как в том слогане «Ред-Ай на меня не пеняй», да? Он-то ночами сторожем в Бруклин-колледже, поэтому. С бритоголовой очаровашкой-куратором Люсей из «Горгоны» пытались, она, правда, нездоровой психически оказалась, сохнет по мужу-киноведу, отбывающему срок в Боулдере, штат Колорадо, за многоженство. Мы с Абрикосом проверяли: очень мышцы у нее крепкие, а так – все в ажуре там. Короче, ноль целок и ноль десяток, как каламбурит биг-босс Веня.

Но как сказал поэт (и тоже Пастернак): солдат спит, предается времени заложник сновидениям, а служба идет себе строевым шагом неукоснительно. А нам, между нами, всего один андроид необходим для плена, чтоб потянулась от него цепочка.

И вдруг три дня назад:

– Петр, этот?

– А почему не тот?

– Потому что серебристого цвета. И не мокнет. И андрогинный. В бюстгальтере.

– У кого что болит...

– Тише. Снял. Для загара.

– Да не робот он. Ишь, ногами дергает! Трансвестит обычный. Нам андроидов надо – не андрогинов.

– Все равно щелкни, а?

– Ну, на всяк пожарски разве, как каламбурит биг-босс Веня.

– Поц твой биг-босс. На хер ты цитируешь его, блин, всю дорогу?

– Слышь, Абрикос. Кочумай ныть. Взялся за гуж...

– Какой в жопу гуж, Петя! За гуж брался ты. Я за компанию тут.

– Не гони, хлопец, лана? Задание обоим давали? Подписку с обоих брали? Зарплата обоим идет, премиальные...

– Какие в жопу премиальные?

– Не скули, Абрикос. Будут. Что тебя напрягает, кум? Помидоры, девочки. Кристина твоя вон пожалует. Не парься.

– Заткнись, а?

– Ты че?

– Ничего. Заткнись.

– Не дури, Абрикос.

– Не пожалует Кристина. Пожаловала уже.

– Как так? В сентябре, говорил, подвалит.

– Не подвалит.

И Абрикос рассказал мне вот что. Причем я поначалу решил, что крыша у хлопца поехала. Оказалось, что нет. Оказалось, что эта его интернетная подружка Кристина, на встречу с которой он возлагал известные надежды, оказалась никакой не Кристиной, а… иначе не скажешь: пришелицей-инопланетянкой, и тоже охотящейся на роботов. Представительница другой, дружественной, точнее, невраждебной цивилизации, КП-6, «Кристина» отвечала за молекулярный декупаж и позитивную, конструктивную эрозию американской мечты, и решили они начать именно с амбивалентных роботов из будущего, которые эту самую мечту призваны (и присланы) укреплять, точнее, следить, чтоб она не очень расшатывалась, так, кажется. Как об этом узнал Абрикос? А эта лже-Кристина приезжала к нему в начале лета (вот куда он исчез на длинный викенд!) и все объяснила. В деталях. Абрикос с «ней» вступил в своего рода эмоциональный контакт. Строгого деления по половым признакам на КП-6 не существует (полов там шесть или семь – выбирай на вкус), белье для Абрикоса «она» в «Виктории Сикрет» покупала, потом окунала для запаха в унитазы общественных туалетов, высушивала и опрыскивала «Пасьоном» – и все чтоб мужику понравиться, кокет(6-КА) – о чем Абрикос узнал тоже не сразу, а узнав, устроил ей сцену. В ресторане! С угрозами и слезами. Бодался теленок с дубом! Она вполне, кстати, обворожительной оказалась, хотя на его вкус несколько полноватой и с детьми, которые вылазили из ее ануса там же, в «Рауле», что в Сохо, и ползали по ней, прозрачные, неслышно пища и требуя картофель-ф(РИ-4), и она вместе с ними, измазанными кетчупом, увещевала бедного, бледного Абрикоса, хором как могла. И получалось вполне благозвучно. Он даже успокоился на время, когда она стала ласкать его под столом передними ногами. Потом отправились в гостиницу, она в «Плазе» остановилась. И тут Абрикос задумался.

– Ну и?! – взвыл я. – Дальше?!

– Проиграно наше дело, вот что, – насупился Абрикос.

– Как так?

– А так. Тут сверхцивилизация работает, Петя. А не лохи, как мы и наш штаб. Они нас как детей сделают. И выплюнут.

– В смысле?

– В смысле роботы – это один из вариантов будущего, нашего, земного. И им оно – точнее, вариант этот – не с руки. Нам, правда, тоже. Но им и наш вариант не с руки. Он давно просчитан у них. И есть выходные данные.

– И что?

– А то, что роботов они не будут демонтировать, как мы собирались. Они их будут вводить в заблуждение. И нас заодно. То есть мы – рыба, роботы – наживка. Я так ситуацию понял. Из разговора с ... этой.

– То есть, по-твоему, мы как бы кувалдой, а они скальпелем? Эффект бабочки?

– Если бы скальпелем! Лазером, блин. У них все просчитано. Понимаешь? Миссия наша гребаная, ты, я, Трамп, Путин, кореец этот, Китай. В интернете, думаешь, я на нее случайно вышел? Хуй. Это она меня на себя вывела! И не случайно. Сматывать удочки надо, Петя. И по домам. Не в свои сани не садись, мне бабка в БЦ говорила.

– Постой, Абрикос. Не суетись под клиентом, паря. Быстро ты, хлопец, хвост поджал.

– Ничего не быстро, Петро. Ты бы видел эту... «Кристину». Голой, без скафандра.

– А что? Сиськи, небось, все дела, а?

– Ага. Сиськи. Трубы – не сиськи. Роторы. Рот до ушей, а ушей и нема. Им их и не надо. Кровь с молоком. Обезжиренным, блин. Сердце красавицы склонно к утробе. И на полу. Дети в клетках кукарекают, прозрачные, блин. Грязные, в говне, но птичьем. Плодятся подзатыльниками. Валить отсюдова надо, Петя. И чем скорее, тем лучше. Ноги делать. Я точно валю. Завтра же. Прощай, Брайтон. Прощай, Америка. Разбирайтесь с вашим будущим сами. Ты как? Со мной?

Через три дня мы летели домой. В самолете Абрикос показывал мне «обнаженку» этой самой «Кристины». Он попросил ее в «Плазе» попозировать в кровати. Для вещественных доказательств. Для меня и для начальства, чтоб дезертирами не считало. И чтоб знали, с кем дело имеют. И чтоб думали, прежде чем лезть напролом. Лучше один раз увидеть, так?

На фотографии была запечатлена женщина тридцати двух лет, блондинка, карие глаза, едва заметная татуировка на шее – меч, рубашка и надувной матрас сигмой: неясная символика, левая ноздря проколота изящным передатчиком с цепочкой, ушей действительно, нет, но это совсем не портило «Кристину». СЕРДЦЕ ЕЕ лежало на полу, склонившись, точнее, привалившись к утробе, откуда, казалось, шли ленты стихов, бессмертные строчки и просто очень удачные метафоры (вся наша жизнь – метафора без камфоры, каламбурит биг-босс Веня), и казалось, они о чем-то беседовали, сердце и утроба: чувственное и материальное. На внутреннем столе, если это можно назвать мебелью, горела свеча, даже две, передние ноги «Кристина» легкомысленно забросила за голову, задними, между которыми у них быстро растут и получают начальное образование дети в клетках, она расширяла и клонировала улыбку, но не веселую, а отрезвляющую, что ли, мол, не ебитесь с нами, хуесосы, хуже будет, хотя куда хуже-то? Но общее впечатление от снимка было все же умиротворяющим. Мол, все будет в ажуре, как у бритоголовой Люси из «Горгона-спэйс» (чего-то опять вспомнилась), не надо нам мешать, а помочь – мы вам поможем, наломали, блядь, дров, козлы, дайте нам теперь наше – и ваше – дело (ДО-1)делать.

И тут я понял, что задание с Абрикосом мы, по сути, выполнили. В штаб-квартиру на Филях мы везли фотографии первого НАСТОЯЩЕГО, а не алюминиевого робота-андроида из будущего с КП-6. Настоящее будущее – за ними. Здесь – подготовка, муштра, тяжело, блин, в учении. И будущее это представлялось не таким страшным, каким его малюют писатели-фантасты...

2004–2016

Бабаев и девушка

Я снова про Бабаева. Внешне его можно было сравнить со школьной партой: верх зеленый, низ темнокоричневый, на боку непристойность. Внутренне же Орест Бабаев, за вычетом недожеванного бутерброда с «докторской» и огрызка яблока, был совершенно пуст. И он еще спрашивал, почему его не замечают женщины! А что там было замечать?

Вот смотрите: на втором этаже в Доме Книги одна девушка (Даша Шапочникова) легонько задела его сумочкой. Увидев, как она хороша, Бабаев покраснел. Брюнетка, короткая стрижка, матовые пальчики, бордовое, расширяющееся книзу пальто, идентичные ножки. А Бабаев был в зеленом берете и темнокоричневых вельветовых брюках, и на боку его была непристойность.

– А Фукидид-то кусается, – сказал Бабаев девушке, чтобы что-нибудь ей сказать такое. А она, конечно же, вечером была занята – шла с подругами в театр. И завтра у нее зачет. И послезавтра. А в субботу тоже не могла – в субботу на ней племянник висел. И через неделю не могла. И через месяц. И когда потеплеет не могла. И когда дни станут длиннее, а ночи короче. И через год.

Бабаев, а Бабаев, слышишь, угомонись. Не нравишься ты ей, дядя. Случайно она тебя сумкой задела, успокойся уже. Мало ли на свете брюнеток с матовыми пальчиками? Мой тебе, Бабаев, совет: закрась-ка ты «хер» на боку, переваривай давай свой черствый бутерброд и яблоко и ищи себе другой объект желания, менее недоступный. Нет, не шлюху валютную, а кого-нибудь попокладистей, что ли. А то скоро весна уже, а тебе тридцать шесть, Бабаев. И ни семьи у тебя, ни профессии. Ну что это за занятие для мужика в самом-то деле: торговать у гастронома туалетной бумагой и смесителями? Постеснялся бы ты, Бабаев. Хоть бы хобби какое у тебя было, хоть бы взрослый сын от первого брака. Внешность – нуль, здоровье – так себе, настроение – ниже нижнего предела.

«Ну, неужто с появлением подруги с двумя идентичными ногами в жизни моей все круто переменится? – думал Бабаев, выходя из Дома Книги. – Неужели с нею рядом я стану вновь себе приятен, походка моя сделается упругой, а речь будет литься молоком?»

Да, Бабаев, да, тысячу раз – да! С появлением подруги с двумя идентичными ногами, с влажной, по-домашнему теплой сердцевиной, с восприимчивыми губами и матовыми пальчиками, с речью, льющейся парным молоком, поздно вечером перед сном, который и освежит, и ободрит, и Фукидид, и Гераклит, и Геродот, и я уже сам не знаю кто, Бабаев. И разве это так много, разве это, стоя на коленях, нужно вымаливать у судьбы, разве этого ты не заслуживаешь?!

А через пять дней его не стало… Точнее, он удвоился. Его сфотографировали, его не стало, ОН УДВОИЛСЯ, и все, навзничь. А если по порядку, то метался он под мокрым одеялом, и не ждал уже ни рассвета, ни чая с лимоном и вишневым, как в детстве на даче, вареньем, и многое ему сделалось омерзительным: и жизнь с ее притворными всхлипываниями, и та – с причитаниями. Распустил он остатки воли, они уже, собственно, и материализоваться-то, как положено, не могли. Эх, пустота, отчаянье! Где наполненность? куда там!

… бараках первой любви захоронил он всю подноготную вожделений, покупая шоколадку девушке с мутными от предчувствия близости глазами, сладеньким смешком болезненной третьекурсницы без лифчика на полу в деканате Строительного ночью во время майского дежурства. Не бредом – каким бредом? – но былью дрожала под ним землетрясением в женской бане, другого сравнения не подберешь, я уже пробовал.

… мусолил край подушки, температурил, стеная; маленькие грудастые тифозники с крылышками смывали один другого в сумраке его глоссолалий, катодная трубка желаний болталась рядом, обезвреженная, никчемная. А родиться он даже и не успел как следует, школу со скрипом окончил, социум его затрахал...

... из глубин нечеловеческого выползать мама-папа, приличные, прищуренные, лобастые, по-своему доброжелательные люди в летах. «Ты не наш», – шептали они, но не зло, а чтоб он кончился побыстрее. «То есть? А чей же это?» – не понимал Бабаев. Его бросало от стенки к краю и назад – к стенке, и не хотел он, хоть и дробил его озноб, крыть шифером ассоциаций хаос, что из недр беспамятства обволакивал смрадом распада – тут явный перебор, а впрочем... – ошметки его мыслей.

«Какая разница – чей? – хохотал мама-папа. – Не наш – значит: ничей».

Тогда он заметался, раздулся, погрузился и тут же всплыл в пустоту пузыря (если бы пузыря!), мгновенно раздвинув границы сущего и сдвинув их вновь.

И если это смерть, а это была она, – то смерть есть отнюдь не избавление и круиз, но оползание, торможение, медленное угасание, и все, навзничь. Да, я не оговорился: оползание, торможение, и медленное угасание.

Конец же моего рассказа – счастливый. Бабаева не стало, его сфотографировали, он удвоился, перешел в другую плоскость. А в той плоскости девушку из Дома Книги не подстерегало ровным счетом ничего хорошего, кроме Бабаева Ореста Петровича, русского, тридцати шести лет, холостого, без прописки. И тут-то начинается совершенно другая музыка. Мелодия ее должна быть вам знакома. Помните песню «Чай на двоих»?

Пикчур ю апон май ни
Ти фор ту энд ту фор ти...[1]

Вспомнили? Да, Дорис Дэй, все правильно. Ладно, я буду закругляться, а то Бабаев и девушка уже начинают сердиться.

Короче, Бабаев удвоился, уединился, перешел в качественно другую плоскость, где он на какое-то время ушел в себя.

[1] Чай на двоих и двое за чаем, / Мы одни, но мы не скучаем... (слова И. Сезара, перевод П. Лемберского).

Девушка какое-то время была немного простужена, но скоро поправилась, перешла улицу и купила у Бабаева два рулона туалетной бумаги.

– Чего так дорого? – спросила она на всякий случай.

– Дешевле Фукидида будет, а удовольствие такое же, – нашелся Бабаев, и не расставался с ней уже никогда.

Недавно они открыли совместное, кажется, с финнами, предприятие. Чем они торгуют – понятия не имею.

1993

Из интимной жизни русских эмигрантов

Пролетели восьмидесятые, и это еще полбеды. Но пролетели девяностые, а вот это уже самая настоящая беда. И надо надеяться, – а что еще остается? – что предлагаемая ниже история при непосредственном участии Алеши Голядкина (помните, он еще в кафе Anyway тусовался?) прольет долгожданный свет на самое типичное из того, что было – было, да, как говорится, быльем поросло.

– Пасть порву, гнида патологическая такая, – предупредил Семен и слово свое, в общем и целом, сдержал.

Он был вне себя от досады, и это еще слабо, неточно сказано. И вдобавок лбом как захуячит Алеше Голядкину в переносицу.

Алеша даже прослезился от такого неожиданного поворота событий. Эта мизансцена, как скоро станет очевидно, только отчасти структурирована вокруг их ссоры, ибо многое на тот момент их все же связывало. И правда, Семен очень извинялся потом, ему самому неловко сделалось – что ни говори, с Алешей они поддерживали приятельские отношения, вместе ходили на бейсбол и телок в русскую баню клеить, не брезговали и рыбной ловлей, клубились по пятницам в Ист-Вилледже в недавно закрывшемся «Чопстыкс Ап Ёрз», посещали концерты разнообразных отморозков постперестроечного розлива, а когда-то Алеша даже встречался с двоюродной сестрой Семена Ликой Ш. Лика красивая была – загляденье, особенно, когда натрескается у узбеков, босоножки на шпильках скинет и пойдет плясать под «Мадам Брошкину». Сама стройная – не нарадуешься, кожа бледная, вот только руки в синяках и вены вздутые, а так – ну вылитая балерина из кордебалета театра музкомедии им. Яши

Хейфеца. И стихи писала про млекопитающих, небездарные, кстати. Одно, из жизни верблюдов, врезалось:

У двугорбого верблюда,
(Так вещал усатый дядька),
Среди прочих не-людей
Бог отшиб частично память
Улыбается злодей,
Норовя в меня попасть
Своею слюною зловонною...
Дудки! – скажем ему запальчиво...

и так далее, про повадки их, про место в экосистеме, но не без легкой зоочернухи и элементов натурфилософии.

А Лика эта, помимо прочего, работала на полставки в салоне красоты в даунтане: маникюр, педикюр, бразильский ваксинг для особо запущенных. Что еще из существенного я опустил, воссоздающего неуловимый аромат той эпохи? Вспомнил. Как-то после концерта казахской этно-панк-команды «На разрыв аорты» Лика прижалась к Алеше: «Шумно, да? Не, я секу, что ретруха, я ж не вчерашняя. Но шумно. Да?» Алеша только крякнул.

Однако мордобой у Семена с Алешей не из-за Лики вышел, она давно связала судьбу с инженером-химиком одним (и, надо сказать, уже слегка раскаивалась – он был с нею груб на людях и вял в постели), но из-за следующего непродуманного замечания, сделанного Алешей, казалось бы, безо всякого повода и основания: «Единственное, что я вижу – пустота, единственное, чем я живу – пустота, единственное, в чем я движусь – пустота». Ишь, Кьеркегор, итить, объявился на нашу лысину многострадальную! Ну, как такое после бейсбола ляпнуть, пипл? Тем более, что «Янкиз» опять не на высоте...

Алеша схватил Семена за локоны, несколько раз капитально встряхнул, потом плотно прижал лицом к колену и резко надавил на затылок. Семен заорал как раненое навылет сумчатое животное. А в Сохо как раз ни души, и только булыжники блестят после дождя, тускло отражая перемигивающиеся светофоры, да крысы нервно снуют в броуновском беспорядке у дверей модных лавок. Мыча и плача, Семен осел на тротуар перед тайским рестораном, что твой будда с фонарем, но не в руке, а под глазом. Алеша же, покачиваясь и вздыхая, побрел в сторону Вест-Бродвея, там легче такси ловятся после полуночи.

А почему Алеша так сказал? На то, если покопаться, как минимум, несколько причин было. Первая, и самая уважительная: вот уже скоро год как Алеша пробирался ежевечерне сквозь толпы людей, где белые шли с белыми и черные шли с черными, и были все молодые и разодетые, а также попадались черные в обнимку с белыми и наоборот также попадались, и все друг другу смотрели в глаза и улыбались. А Алеша шел мимо витрин, где сидели и шутили и пили кофе со сливками тоже они. И капуччино пили они. И кафе латте. И мит шлаг – они. И он останавливался перед кафе и делал вид, что изучает меню в витрине, а сам норовил взглянуть на пару, сидящую у окна. До чего же она хороша, право слово! И волосы ее убраны по последней моде, а он – чурбан неотесанный, колода, одним словом, и что она в нем только нашла, и на его месте не просто мог быть – обязан был быть Голядкин.

А сон Голядкина часто повторяющийся знаете? Любопытный в некотором роде сон. Вот идет он будто через Вашингтон-сквер прикупить в особом магазине разнообразные лепестки засушенных трав и растений для скромных своих апартаментов. Дети в парке играют с мячом, и птицы щебечут на ветках. Далее. Рыжеволосый карапуз возится в песочнике и совком умудряется вырыть глубокую яму в песке. Алеша Голядкин хотел через нее перепрыгнуть, но не смог. И упал в яму. Потом откуда-то взялись лошади со смышлеными мордами и стали ржать, совещаясь, как же лучше ему помочь, но это уже из другого, более позднего сновидения.

Друзья Алеши все время подзуживали его, мол, чего это он такой непутевый. В смысле работы – обычный брокер, в смысле семьи – бобылем живет, и даже с девушками нечасто встречается. И Алеше надоели эти подначки, и как-то на праздник явился он к друзьям с ослепительной красоты девушкой, молоденькой, но уже обладающей определенным опытом в плане мужчин. Это было видно по ней, по ее манере одеваться и держаться. А на обед была осетрина, и факт этот Алешу обрадовал: он очень любил осетрину. Мог съесть две порции кряду, немного отдохнуть, перекурить и потом еще добавки спросить. А Лика с мужем-инженером как раз в ссоре была, не разговаривала с ним и даже в сторону мужа не глядела. Он, ханыга, давно раздражать ее стал высокомерием своим и выспренностью. Все Бродский да Бродский, да Блэйк, да Браунинг, да Бердяев, да Бердслей, да «Блэк Лейбл». Да пошел он, мудозвон, к такой-то маме! Все равно лучше «Бисти Бойз» на свете нет ничего. (Она очень «Бисти Бойз» увлекалась, все свободное время рэпу с хип-хопом посвящала). И притопывая, и прихлопывая, и натыкаясь на гостей, Лика забегала по комнате в своих вельветовых мини-шальварах:

Шел по дороге Билл одноногой.
Хромая, естественно. Еп!
Видит навстречу Фред в просторечье.
Тоже на соплях. Поздоровались. Еп!
А дело к осени двигалось,
К запаздывающей. Еп, еп, йе-йе.
Ну пятое-десятое, йе-йе-йо. Фрида пипа нау.
Позавтрекали, пообедамши, подужинали.
Билл Фреду и убил. Ну не душегуб? Ну!
Как за что? А за солонку? А за салфетку?
А за решетку его, малолетку!
Посадили, значит это, в темницу.
Превратили на некоторое время в девицу.
Отобрали признаки пола.
Долго мучили пиздобола.
И прочее, и тому подробное, никому не нужное.
Как мужнин член на ужин мне. Е!
Ай-но! Фрида пипа
тут и там!

Лика кончила петь, оглянулась, с вызовом взглянула на мужа, сидевшего в углу. Тот пытался скрыть неловкость, но как: завел, что твой Онегин с младшей Лариной, игривую (некоторые свидетели утверждают, что излишне игривую) беседу с девушкой Алеши Голядкина. А это все происходило в Ист-Вилледже, в квартирке, куда каждый что-то принес на вечеринку, кто маслины принес в баночке, кто брынзу в пакетике, кто вино. Алеша Голядкин на всякий пожарный прихватил с собой пистолет «Смит-и-Вессон».

Ну Лика тоже не святая, пришла в вельветовых мини-шальварах. Ноги – мамочки мои, еп ей-е! Она вечерами якобы училась на психолога. У баскетболисток такие ноги встречаются, и то крайне редко. Ну, там долгая история, но чтоб быстро к развязке: она оказалась переодетой полицейской, и ей, правда не без труда и изрядных жертв, все же удалось обезвредить Алешу, который отбывает сейчас срок где-то под Балтимором. Почему под Балтимором? Об этом моя следующая история. И не Лика переодетой полицейской оказалась, а та девушка молодая.

2002

Победа

Для начала две женщины, две институтские подруги отправились в кино, надеясь на скорую победу. Ту, о которой пелось, пелось о ней в песнях, писалось в книгах, снималось для фотоархивов. Ну, а в кино ее, как правило, одержать можно при помощи крепко сколоченного сценария, боевой режиссуры, зычного крика: «МОТОР!», и вот уже бегут все, левый фланг атакует, машет бутафорским флагом, статисты лежат как можно бездыханней, гримеры попрятались по окопам. Кино и немцы!

Купили, значит, билеты. Сели. То есть одна села, другая за ситро решила. А уже журнал идет. Наши успехи, неудачи наших идейных врагов, все у них там из рук валится, таланты в мире чистогана гибнут, ну и про спорт. У той, что осталась, глаза, понятное дело, на лоб, потому что все это ну не соответствует. Приходит другая, что с ситро. Не хотели с напитком пускать, но изловчилась. И как раз вовремя. Осторожно уселась, чтоб не пролить. И тут двое жеребцов, что сзади сидели, стали громко и нецензурно выражаться, а намеренья у них были смутить женщин и завладеть их вниманием, они иначе не знали, как, по молодости лет и житейской неопытности. Женщины на них, разумеется, ноль внимания. Тогда те, сзади, совсем оборзели и стали трясти спинки сидений, на которых две женщины, назовем их тут Александрой Матвеевной Скороспеловой и Дарси Ван-Сэйнт, уже готовы было мысленно перенестись в штаб-квартиру войск союзника и там сопереживать молодому офицеру разведки, получившему от любимой письмо с печальным известием — ее отец приболел, что-то у него с почками. Дарси Ван-Сэйнт резко обернулась и, пронзив хулиганов презрительным взглядом, оставшимся ими в темноте, увы, незамеченным, прошипела: «Стоп это сейчас, уродливий энималз! Ви не знать

с кем имать! Я дочь дипломат! Хочешь побыстрей зовет по-
лис?» Те услышали акцент, заржали – я же говорю: жеребцы, –
а потом принялись повторять на все лады: «Мы есть знать
с кем имать! Мы очень есть знать с кем имать! Дипломать,
твою мать, налево!», а один из них даже сбил с нее меховую
шапку. Дарси, естественно, вышла из себя, стала в темноте
энергично размахивать кулаками и орать: «Постой минута,
сейчас черный глаз делать и несдобреешь, куй-голова!», а
Александра Александровна Луспекаева вылила на хулиганов
полстакана ситро и рявкнула: «Ах, так вы тут шутки шутить,
подонки?» А с хулиганов как с гуся вода: «Ай, жидовочки
вонючие, очи черные, очи жгучие!», и давай бить подруг по
щекам наотмашь. Ну не ничтожества? Женщины завизжали,
потом решили, что так дальше нельзя и стали отбиваться,
скандируя: «Мунд-штук! Мунд-штак!» Это на их секретном
языке означало: «Давай их так, мудаков, а потом вот так».

Включили свет, фильм остановили, «катюши» поутихли,
ответ на письмо возлюбленной остался недописанным, по-
доспели билетеры, вызвали милицию, составили протокол,
хулиганье (Семена Викентьевича Ульриха, 23-х лет, фрезе-
ровщика, и Романа Ермолаевича Горожанина, 22-х лет, ра-
ботника цирка) скрутили и отвезли в 5-е отделение мили-
ции. Тогда Дарси не выдержала и, всхлипывая: «Не хочу тут
больше находить себя. Тут сиденья в кино сосут и вонь гроз-
ная», – стала повторять эти слова как умалишенная. Александра же Самойловна Розенкрах успокаивала подругу как
могла, – и разную мелочь из карманов доставала: домики
игрушечные, блиндажи, сухарики, еще теплые тушки степных
сусликов, разноцветные шарики ртути, приколки-заколки,
нечто от беременности, два билета на дневной сеанс одно-
временной игры в нарды с приезжей знаменитостью одной,
а также кое-что из раннего Гумилева и против пота, и даже
пританцовывать пошла, насвистывая нечто чуть ли не из
Гуно, однако это слабо все способствовало. Тогда у здания
театра Кукол Александра Зайцева, будущая специалистка
по маркетингу и ваще бой-бабец (просто она в рассказе этом
все свои достоинства раскрыть не успела пока, ну, она тут,
знаете ли, не одна), незаметно, – а она ох как это умела! –

засунула подруге туда, где ей острей всего не доставало мужчины на чужой стороне, специальный мужезаменитель с дистанционным управлением, и включила его на полную катушку.

– О-оооо! О!

Так Дороти Ван-дер-Хаас стала первой американской женщиной с русским прибором между ногами, жужжащим у нее при ходьбе, и не только, не только при ходьбе.

А тут дождичек мелкий подоспел, радиоактивный, экология-то – это, извините, не к нам. Подруги взялись за руки и побежали куда глаза глядят, но желательно все же, чтоб крыша над головой и тепло то же самое. Света и Дебби успели промокнуть до нитки, когда, наконец, они добрались до пиццерии «У лукоморья D», где заказали ихнее фирменное блюдо – жидковатую неаполитанскую пиццу с ананасами и горохом, которую Дебби принялась с нескрываемым отвращением уплетать за обе щеки – голод-то не тетка, а, американочка? Света же заприметила за соседним столиком у окна глухонемую подругу детства, неудачно вышедшую прошлым летом за одного состоятельного бизнесмена из Голландии (тот ее, Манюсю, в черном теле держал, и вообще издевался над нею как хотел, козел голландский).

– Райка, лапка!!! – заверещала Светлана и бросилась обнимать глухонемую.

– Ну, привет, – знаками показала та. – А кто эта мымра? (Рая была болезненно ревнива к подругам Лены и потому, отзываясь о них, в выражениях особенно не стеснялась, тем паче, что не все ведь по-глухонемому ы-ы-ы, а?)

– Сама такая. Это подруга моя, Сэм.

– Что за Сэм еще? Лесба?

– Да ладно тебе. От Сэмента сократила, прикол такой. А знаешь, чего я ей туды засандалила?

– Чай, заменитель?

– Ну. Она по Скарсдэйлу страсть как сохнет!

– Парень, что ли?

– Город. А парня мы ей тут подыщем. Ты-то сама давно в Москве? – спросила Алла Дмитриевна подругу и почему-то порозовела как вареный рак с перевязанными резиночками клешнями, чтоб не цапнул. (Москва по-глухонемому – сначала показываешь Кремль, потом – Ивана Грозного в профиль, а уже в самом конце, если беседа неторопливая, переписку царя с Курбским).

– Три дня всего, – показала Манюся на пальцах, а потом задрала рубаху, обнажив ожоги на животе. – Погляди-ка, что мое золотко вытворяет.

– Вот негодяй, – ужаснулась Паша. – И как ты его терпишь, Ма?

– Ы-ы, – вздохнула Мася.

Сэмента тем временем успела доесть второй кусок пиццы и, запив ее «7-UP», подошла к подругам.

– Очень при-при, – улыбнулась она. Она умела быть при-при, особенно когда поест. – Май имь Цемента Ван-Сэйнт. Я в Москве вот-те на полгода, и из Третьяковки ну ни нога. О, Рублев! О-о! (Это Алла снова незаметно включила заменитель и толкнула локтем глухую Лионеллу). Сегодня в кино вот с Лелькой собрались, короче, садимся... и...и...и... – тут она вспомнила, что шапку-то свою меховую она, растяпа, в кино оставила... (Черт!) Я побежалкин, нада шапоть-то, она оч-чень дорог мой как подарок от деда чуть ли не сенатора, любившего простые такие радости, которые (радости) дарует нам... О-о!! Перестань! Я вытащу, и тогда ты вовсе потерять с-под меня контрол! – полушутя пригрозить она пальцей подруге и поскакать из трактира на свет, где видит Бог, подсыхать, потрескивая, мурава! Искрометно, конец-начало апреля, свежатина исторгала! Так люблю эту пору, от девушек исходит при таком температурном режиме неосязаемое, но едва ли о-о!

– А подруга твоя как – просто кретинистая, или они там подряд все такие уроды? – спросила у Паши глухонемая ревнивица.

– А я там что, была? – отвечала вопросом Александра Тихоновна на вопрос, ибо день рождения у ней приходился аж на 29 февраля, и потому, выходит, ей всего 7 лет и 2 месяца было, – а дети страсть как любопытны откуда ноги растут или грузовик поломать с прицепом в этом возрасте. – А Сесильку не трожь. У нас с ней, знаешь, сколько общего всего!

И Оля выразительно засунула в рот средний и указательный пальцы левой руки и стала их неторопливо обсасывать, да так громко сопеть и чмокать при этом, что подруг под микитки выволокли из пиццерии и, крикнув вслед, где им лучше всего стоять и причмокивать, запустили в них пустой солонкой.

– Вот гондошки закаканные! – обиделись девчата.

Стали прощаться.

– Ты позвони хоть до отъезда-то.

– Ы-ы (Позвоню, позвоню).

– А если козел твой, Иоханыч, будет руки распускать, ты только свистни, я с дружками подвалю, яйца ему пообдираю, петуху голладскому.

– Ы-ы-ы! ы-ы (Да брось, ты же знаешь, что мне так нравится, не нравилось бы – не жила б я с ним).

– Ну так устроилась бы тут пожарницей. Им за ожоги – премиальные. Все-таки дома стены и т.п. А там что? Ты ж не пепельница, едрить, чтоб он цыгарки об тебя гасил?!

– Ы-ы-ы, ы-ы-ы, к-ка-а-а ссс глааа, аоа дд! (Слушай, не морочь, а? Вы ж тут скоро какашками пробавляться будете, гласностью упоенные! О, а вот и твоя дебилка!)

И действительно, к Ирине большой и Ирине маленькой скорым шагом направлялась Джил. В руках она, подобием трофея, несла свою меховую шапку и улыбалась преувеличенно радостно, я бы даже сказал: торжествующе. А чуть поодаль, но определенно вместе с американкой, шествовал высокий молодой красавец, недурной наружности, нестарый еще, выше среднего роста, красивый и на вид – молодой, несмотря на огромную черную бороду, которую несли перед ним на бархатных пурпурных подушках шесть карликов-парикмахеров в коротких розовых панталонах и бледно-зеленых тюрбанах. Карлики так или иначе были связаны между собой красными лентами, на которых были начертаны смешные и непристойные словечки. Молодой бородач играл на свирели полузабытую мелодию моего детства. Молодой бородач был принцем небольшого государства, граничащего, а впрочем, ни с чем особенно не граничащего. Джил, а Джил, сознайся, девушка: молодой бородач хоть немного в твоем вкусе? Скажи «да», Дарси! Прошу тебя. Да сбреет он эту бороду свою дурацкую, Дороти, не будь ты такой привередой! Говорят же тебе: он – принц!

Ирины как стояли, так и сели. (Если б в моих правилах было грешить против истины, я бы сказал, что Ирина маленькая вдруг прозрела!) Все так сверкало вокруг, умытое весенним дождем, так блестело-трещало! Наверное именно в этом месте следует поставить точку, чтобы не испортить все.

Да, давненько это все, однако, происходило...

2000

Чистое дело марш

Однажды душным летом тысяча девятьсот не буду врать какого года, когда я, сдав экзамены за шестой класс, перешел, соответственно, в седьмой, по городу, с папиной легкой руки, чуть было не расползлись некрасивые слухи, будто отец моего дружка Андрюши Фазамахера дядя Гриша Филлипов не читал «Войну и мир». Слухи эти дяде Грише удалось вовремя дезавуировать и пресечь, но история их возникновения не лишена любопытства. Дядя Гриша попал под папино подозрение вполне случайно, хотя что есть случай? Случай есть рассеянная шатенка в трамвае, забывшая передать три копейки за проезд, и вдруг с задней площадки, запыхавшись, это двадцатый за день трамвай у него, влезает в вагон контроллер, который за ней некогда волочился, но ее мама была от него не в восторге, откровенно против этих встреч под луной была маман, женщина с характером, золотыми коронками и себе на уме, и для дочери мечтавшая о лучшей партии, во всяком случае лучшей, чем наш контроллер, и потому всячески способствовала старая ведьма размолвке молодых людей, и он, этот наш контроллер, очень огорчился, когда им пришлось все же расстаться, даже на короткое время потерял веру в себя, но виду не подал, а подал на выезд, что тоже есть своего рода вид, точнее, вид в зеркале заднего вида, увеличивающего масштабы предметов, пока они не скрылись из вида, или пока из вида не скрылся сам назад смотрящий, и это был его последний рабочий день, они давно сидели на чемоданах всем контроллерским семейством и питались котлетами из кулинарии напротив, потому что у них отключили газ, и он был явно не в духе, все-таки бросал любимое дело и место тоже любимое, и не штрафовать же старую любовь, в духе ты или не в духе, или, наоборот, штрафовать старую любовь по полной, проучить ветреную воспитательницу детсада, недавно принявшую предложение главврача районной поликлиники на десять лет старше и с легким дефектом речи?.. Но бывают и другие случаи. В нашем конкретном случае режиссер Бондарчук за лет шесть до совместного нашего с Филлиповыми путешествия по Волге взялся за экранизацию великого романа Толстого, и к окончанию круиза на пароходе «Ангара», завершившегося трехдневным пребыванием в Москве, в прокат вышла четвертая, последняя серия киноэпопеи. И хотя первые три серии мы каким-то образом ухитрились пропустить, чуть ли не в первый же день на суше мы сломя голову бросились за билетами в кинотеатр «Россия», где фильм демонстрировался. Мы поселились у дальних родственников; более свободные в средствах Филлиповы остановились в гостинице «Будапешт», а встретиться мы условились у памятника Пушкину. Филлиповы, как всегда, чуть запаздывали, и папа, человек чрезвычайно пунктуальный, уже начинал нервничать: каждые тридцать секунд посматривал то на часы, то на Пушкина, то на нас с мамой, и бранился вполголоса, но все обошлось. То есть, Филлиповы в некий момент вынырнули из подземного перехода, и наша группа рысцой направилась к зданию кинотеатра. К журналу мы, понятно, опоздали, однако фильм посмотрели от начала и до конца с неослабевающим интересом. По окончании просмотра, прогуливаясь по улице Горького в направлении Манежной площади, папа все же заметил, что романная Наташа ему представлялась несколько иной, чем ее сыграла актриса Савельева, да и Безухов в экранизации показался слишком зрелым и каким-то одутловатым. И тут дядя Гриша глупо и неуместно пошутил. Что-то сморозил насчет того, что человек без любви – все равно что Пьер без ухов. И в довершении приплел совсем уж идиотическую байку про поручика Ржевского на балу. Но кто же такой этот любитель пернатых поручик Ржевский? Кто именно из персонажей великого романа этому анекдотическому шуту соответствует? Долохов? Или Денисов? И должна ли непременно существовать аналогия между героями Толстого и растиражированным народными потугами устным и часто непристойным лубком? Не корректней ли было бы признать, что образ Ржевского из серии анекдотов настолько собирательный, что искать его прототип – пустая затея?.. Или, постойте, не был ли это летний просмотр «Трех толстяков» в том же широкоформатном кинотеатре «Россия»? И Тибула в экранизации детской сказки играл актер Баталов? Нет. Все верно. «Война и мир», столько лет прошло, но речь именно о фильме «Война и мир», тут к бабке не ходи. А «Трех толстяков» дядя Гриша, по словам Андрея Фазамазера, определенно читал. Больше того, с удивительной точностью умел изображать актеров и даже актрис, занятых в «Трех толстяках», да и в «Войне и мире» тоже, и вообще с легкостью пародировал актеров советского кино. Голосом, манерами, иногда походкой. Каждый день нашего семидневного круиза по Волге дядя Гриша забавлял нас за обедом своими пародийными импровизациями. Сначала мы плакали от смеха, к середине круиза лишь похохатывали, к концу, уже в Москве, сдержанно, через силу улыбались. А Андрей тем летом отрастил длинные волосы и все расчесывал их в каюте перед зеркалом маленькой расческой, не мог на себя наглядеться, и при этом гнусаво напевал нечто битлообразное, с покушением на английские слова, но собственного фонетического творчества, в котором явно доминировали диграфы: th-th-th. Его бледное веснушчатое лицо с несколько мясистым носом в такие минуты тоже преображалось – актерские способности у него были от отца. С моим же папой Андрей во время плаванья играл в забавную и даже несколько азартную игру: он выискивал у папы седые волосы. А тут следует уточнить, что их у папы на тот момент было всего-ничего. Ну, может тридцать или сорок на всю буйную папину шевелюру, – а ведь это капля в море. И вот, за каждый обнаруженный и успешно выдернутый пинцетом седой волос Андрей получал либо порцию мороженого на берегу, либо денежный эквивалент на судне: 19 коп. – стоимость порции пломбира. То есть 1 волос приравнивался к 19 копейкам. Довольно щедрое, если вспомнить зарплату советского служащего, вознаграждение. Кажется, рублей на пять к концу плаванья нарвал Андрей седой папин урожай. Что же касается дяди Гриши, то он, вызвав папу на пренеприятный разговор в самолете (назад мы возвращались самолетом), сказал прямо, что если папа имеет нахальство подозревать, что дядя Гриша не читал великий роман Толстого, то пусть папа тут же, на борту ТУ-104, на высоте 10 тысяч метров задаст ему пять вопросов по роману, будь то по сюжетным линиям или характеристикам персонажей. И папа так и поступил. Один вопрос был про усики одного из женских персонажей (маленькая княгиня), другой про дубину народной войны (Платон Каратаев) и так далее, включая фразу «чистое дело марш» (присловье Наташиного дядюшки в сцене охоты на волка). И когда дядя Гриша экзамен выдержал, ответив на четыре из пяти вопросов, (он запамятовал, у кого из героев романа была привычка собирать и распускать кожу над левым виском: у Билибина), причем, и намека на ответы – и это существенно – не содержалось в четвертой серии фильма, всем стало ясно как божий день, что дядя Гриша роман читал, более того, хорошо его помнит, просто иногда позволяет себе ироническое к нему отношение – и в глазах папы, ревностного любителя русской классики, дядя Гриша был реабилитирован раз и навсегда. Так что знание цитат и литературы в целом иногда способны спасти дружбу, репутацию, а также летний отпуск.

Из романа «В пятьсот веселом эшелоне», 2015

Расстегнутый ворот рубашки

В курчавой голове бойфренда тети Джули (или: Дроли) не было ни мысли, ни полмысли. Ежу понятно: у тети Джули кто-то появился. И этот кто-то – Сайрус Р., малоимущий вертопрах, лифтер гимназии изобразительных искусств имени Роя Лихтенштейна!

Не первый месяц бойфренд тети Джули (или: Дроли) подозревал последнюю в измене. По двум-трем еле уловимым сигналам с места: чуть шире шаг, чуть ярче макияж, колготки чуть темнее и чуть спрыснуты «Животным № 5». И этот смех ее по телефону. (Его отец, из-за запущенной морской болезни шестой год спавший в кителе и на полу, заметил первым: смеется, как тинейджа, блин). Но это мало занимало бывшего бойфренда тети Джули. Все мысли и болезни (что то же самое) – от нервов, а бывший бойфренд тети Джули посещал уроки хатха-йоги второй год кряду и многое уже умел. Мог останавливать движенье мысли, например, при помощи так называемого умозрительного рычага. Закрыть глаза, рассредоточиться, пошевелить большими пальцами обеих ног и резко остановить мысль, пресечь ее. Заморозить, все одно как «чебурашку» в позе лотоса. Но не сильно и ненадолго, понеже уйдешь в астрал, а тело скворцы займут праздношатающиеся, бесштанные шайтаны, будешь тогда мамбу куковать, кукарекать.

Пустопорожняя шатенка бальзаковского с гаком возраста: тряпки, сплетни, курорты. Дочь не хочет (не может?) замуж и курит с горя дрянь какую-то. И это после Принстона?

Над Лексингтон нависла туча размером с «Грейхаунд» и такой же формы. Май, вашу мать, а ливень каждый день. И в июне то же самое, но с грозами.

Крепко пацалуй меня, доченька моя.
Ах, зачем сидишь ты дома, доченька моя?
Ведь тебе уже немало, ах немало лет.
У тебя забрали злые люди запах, вкус и цвет, –

скандировало петлистое шествие разнузданных юродивых с грязноватым транспарантом ПРАУД ТУ ХЭВ Э ХАНЧ напротив «Блумингдейлса», в витринах которого вовсю щебетала оголтелая галантерейная весна, нормально?

Бывший бойфренд тети Джули (или, как ее в шутку называли домашние, Дроли) закурил. Давно хотел бросить, но не доставало воли. Ее тоже, кстати, тренируют на специальных курсах. Но как без сигареты в баре? Молодежь вся пьющая, курящая. Выйдешь на улицу, слово за слово. Бывший бойфренд тети Джули отдавал предпочтение молоденьким, тем, что легко дают, когда пьянеют, но попадались больше старенькие, те, что дают после обеда из трех блюд, когда не больно-то и тянет. Молоденькие – гладенькие, бритенькие, а у тети Джули там будь здоров мочалка, как у Мойдодырши.

Где же он познакомился с этой вашей тетей Джулей (или: Дролей)? А где ростовчанин может познакомиться с американкой? В космосе, в пизде, в «Дяде Ване», на Багамах. Багамы, хочу на Багамы, все уже были на Багамах по три раза на Багамах на Бамагах, и на деле тоже на Багамах, а мы все Канкун да Канкун, а когда Багамы Багамы.

И вот он видит ее нового приятеля. Так она представила своего лифтера: приятель. Виктор сразу въехал, что куда. Так тетя Джули когда-то называла Виктора в письмах к родным в Вермонт. Отправилась, мол, по Америке с приятелями... ан не с приятелями, а с полюбовником, и не по Америке, а в Филадельфию, на слет бардов галычей-палычей каких-то. Ну приятель как приятель, вроде француз, но нет четкой уверенности. Зовут Сайрусом. Нехай Сайрус.

Прошло полгода. И вот, встречаю я Виктора на авеню С. Зима, декабрь, слякоть, настроение на любителя, заглянули в «Покипси», он сразу отлить потопал, а у меня с собой томик Аполлинера, знаете, «Мост Мирабо»: «тьма спускается полночь бьет дни уходят а жизнь идет»? Вернулся, вид затравленный. Спросили Chivas Regal, neat. В такой колотун пусть моржи on the rocks пьют, хуем лед бьют.

– А вот это уже ниже пояса, однако я снова вспомнил свою Джульку-Дролечку, – ностальгировал Витюня (мои родители хорошо знали их семью, мы вместе эмигрировали, они у нас пылесос одалживали в Вене, когда на первых порах ох как не сладко, люди держаться друг за дружку должны, а как иначе? КАК ИНАЧЕ ВЫЖИТЬ? Постарел Витюня, ну а я? На себе не замечаешь). – Дрозофилку свою любезную вспомнил, мушечку-поебушечку такую. Она слаба на передок была, и это еще мягко, дипломатично сказано. Простите же Вы меня, Титечки Господни (ишь, развезло хлопчика!) прости мя грешного, Витька-сахарка (так она меня называла: шуга-Вик, дрозофилка моя). Она была блядюшечкой-раскладушечкой, курвой такой на первый-второй, растакой, в смысле, в каком все женщины, кроме вашенской, может статься, супружницы Анисоньки-писоньки, бляди-макаки, пробы негде ставить. Кроме, разве, сраки.

И пусть Виктор Терентьевич сюсюкая и невнятно распинался – кто ж спьяну да без изъяну? – но выговориться нужно человеку, вот и топтался он на месте, на постном масле мысли, протирая запотевшие толстые очочки свои, красные мясистые руки потирая. И усталые ласковые глазоньки. И слезилися они во темени бара, кромешной, бархатной. И курчавилась голова его. И урчалось в животе. И начинал ощущать я, в том числе и тактильно, что собеседник мой женщин не просто не жаловал, эка невидаль! Он их презирал. Как за что? А за детородные ихние качества. Но это ли не смехотворно? И он ли не дурья голова? Дрозофилы размножаются – мое почтение. И посему прошу на них эксперименты ставить, не на нас... А жизнь помаленьку стала входить в свое русло: газета по утрам, синема по вечерам, обеды, ужины, приложение к «Ниве». Без затей. А так ли нужны они? Упорядочить течение жизни, обмельчать и умереть. Так умирают деревья. Так умирают реки. Так умирают люди. Смерть как избавление, как расстегнутый в знойный полдень ворот рубахи, думал директор гимназии, в которой некогда занималась моя бабушка Юля. Гимназии той нет уже. В нее попал снаряд. Бабушки Юли тоже нет. Она умерла от разрыва сердца во время Кубинского кризиса, очень переволновалась во Флориде. Умер и я, где-то в 87-м году или 89-м. Живых ведь читать не принято. Значит, и вас, получается, тоже нет. И буквы эти пляшут на острие вашего отсутствующего взора, который не забыть полностью, потому я и помню его, искристого, post mortem. Читайте же, неженка, не ленитесь.

Вопросник во время зимних вакаций купил Кирюша Репашин по кличке «бессмертный». Откуда такая кличка? А потому что у Кирюши в левом яйце сила была огромадная, и не исчерпать ее было. Так выпало, хотели скинуться, но бросили жребий, хотя деньги у него не водились, кухаркино дитятко. Мы, неимущего его, презирали не за происхождение, но за бедность, выражавшуюся в завтраках его мещанских, поскромнее наших, купеческих, в драных, давно не чищенных башмаках, несвежей сорочке, и за то, что были к нему благосклонны старшеклассницы в туалете, откуда, розовощекий, выходил он после большой перемены, блудливо улыбаясь и победительно ступая журавлиными своими ногами.

А Юленька трогательно прощалась с родным городом, бродила по знакомым улицам и переулкам и по незнакомым и все что-то шептала. Ей было грустно: тут прошло детство, а через эту площадь она вот уже шесть лет каждый день шла мимо памятника графу Воронцову в гимназию: иногда одна, иногда с подругами, а последний год с Кирюшей Репашиным, который очень ей нравился. Ей нравилось, как Кирюша грассирует, как настоящий француз, и как он курит папиросы, и как мило шутит, и как цитирует Бальмонта. И одевался Кирюша – Кирюша, ну, не надо, ну, прошу тебя, успокойся, успокойся же, я сама… – не так, как другие юноши, но более изысканно-небрежно, что ли. И как он вдыхал запах ее волос и шептал, что слаще аромат этот, чем туберозы на рассвете, и она не знала, цитата это или от души. И это ей тоже нравилось.

2004

Музыковеды и школьники

Саше Сумеркину

На летний слет музыковедов в город слетались музыковеды. За ними бегали докучливые школьники, приставали с двусмысленностями, требовали невозможного.

– Масло для волос, – отмахивались музыковеды, – мы применяем исключительно в гигиенических целях. Вопросы?

– Par example? – не отставали школьники, ловили сонных стрекоз, сторонились рано повзрослевших соучениц.

Город набирал обороты. На курсах иностранных языков царило оживление. Бастовали пекарни и пельменные, в воздухе стоял крепкий запах полуфабрикатов. Инженеры ожидали реформ, после которых сразу должно было стать лучше.

– Например, вы еще маленькие, например. О Брамсе слышали?

– Абрамсе Абрамсовиче Абрамсоне? – школьники путались под ногами, зазывали музыковедов на рыбалку, хотя ловить давно было нечего.

Музыковеды сидели на острых камнях по пояс в грязи, как болотные факиры. Они прибыли к нам из разных городов: Караганды, Ленинабада, Кенигсберга. Им прописали грязи, и после цикла лекций в санатории «Прибой» музыковеды приступили к курсу лечения.

– Столоверчения, – школьники лезли в грязь, чтобы поддержать беседу. – Зачем вам столько масла, господа хорошенькие? Для гигиены с тетей Леной, что не вернулась с вражеского плена? Хлопцы, не смешите наши пипы!

Город кишел новостями: Володя Мулат полюбил Шурика Вранглера и сделал ему предложение. Шурик заперся на три дня в ванной, на четвертый выскочил оттуда взъерошенный и мокрый и отказал Мулату, бросив презрительное: жопник. Олега отчислили из медина ввиду частых обмороков в анатомичке. Петин папа в Петергофе поперхнулся пепперони, перепутав Полин патик с тульей Питера О'Тула. Пока разобрались, наступил август. Мечников звал в город Сеченова, тот валял ваньку.

Подвалил сентябрь. Сентябрь у нас красивый, город пустеет.

Пришло время разъезжаться и музыковедам. Из ноздрей одного из них к концу лечения пошел легкий дымок. Его коллеги забеспокоились. Разве так можно, разве это нормально? Так нельзя. Это ненормально.

Мне невозможно быть собой,
Мне хочется сойти с ума,
Когда с беременной женой
Идет безрукий в синема

(вспоминали музыковеды стихи Ходасевича на перроне).

Из уст в уста передавали это и цитировали, и грезили о новом мире, который опять задерживался.

И вот наступил октябрь.

Школьники, повзрослев, шуршали листьями на Соборной площади, обсуждали соучениц. Школьники стали забывать своих музыковедов, они думали почти исключительно об астрономии и других точных науках. О горошинах, имеющих между собой много общего, но также много различного, о Менделе, Менделееве и Мендельсоне, и о том, что масло для волос тоже разное бывает. Так, по крайней мере, им намекали музыковеды, но музыковеды давно разъехались по своим городам, и школьники забыли их окончательно.

2001

Жизнь, сложившаяся не вполне

Зипперштрамм Саня (вот вам и еврей, и мужчина, и на букву «З», и Зипперштрамм его фамилия, не совсем обычная, а за ней и скобки шлейфом, и рассказ чуть ли не симптомом обрывчатым) шел по траве энергической такой походкой, почти вприпрыжку, улыбаясь своим мыслям, мурлыча развеселый шансончик, подражая, по мере миметического дарования, героям кинолент первых пятилеток, вот только гармонь ему в руки, ромашку в петлицу, кепарь на загривок – и вылитый Петя Алейников в фильме таком-то или таком-то. А между тем, надпись вкривь и вкось на дощечке под деревцем синими буковками на сером унылом фоне ограничивала ощущение внутренней свободы, столь ценимое Саней Зипперштраммом:

ПО ТРАВЕ ЛУЧШЕ НЕ НАДО, А ТО ОНА
ОЧЕНЬ МНЕТСЯ ОТ ЭТОГО.
ПОДСТАВЬ-КА СЕБЯ НА ЕЕ МЕСТО
НЕНАДОЛГО.
НУ КАК? ПОДСТАВИЛ? ТО-ТО.

И пришлось ему подчиниться надписи. Стиснув челюсти. Потому как если без местоимения, то это и к нему, стало быть, и ко всем остальным тоже относилось. Вот ведь как. Да-да. А он ох как любил нарушать законы и инструкции разные, писаные и нет, ох как любил! В школе всю дорогу за это дело на орехи ему попадало. Техничка теть Маш даже шваброй его разок огрела, и спрашивается, за что? А за то, что он булочку ей черствую втихаря в рот впихнуть вознамерился, пока она на солнышке храпака давила в школьном дворике, воробушки суетились тут же, неподалеку, головками птичьими не по-доброму трясли – ну вылитые пенсионеры летной банды Андропа Жукашвили на учениях, все корочку поделить не могли, прямо извелись, шельмецы.

Он и на брюнетке Леноре Борисовне полногрудой женился на первом курсе исключительно с целью насолить всем. Все были против: мама была против, папа был против, бабушка была против, да и сама Ленора Борисовна не очень горела амбициями терять с ним голову в узах брака на ширине плеч. И странноватая была ко всему. Разгуливала по квартире почти без одежд, держась двумя руками за сердце и скандируя что ни попадя. Собирала трофейные патефоны. Тоже хобби нашла. И сколько их насобираешь, ежели в коммуналке девять душ соседей, не считая ее с мамашей вместе, которую последнюю Ленора Борисовна лечила от запоев гомеопатическими средствами. А та и не пила почти. Так зачем же ее лечить, спрашивается?

Работала Ленора Борисовна бортпроводницей. Там и свели знакомство, хоть и не дозволяют им вольности на такой высоте. Однако Саня пылкостью своею с ног ее сшиб. Слово за слово, гигиенический пакет у нас для вас, может, и найдется, но неужто вам так уж дурно? О да, мне дурно, но с вами было бы совсем недурно. Остроумец! Хи-хи. Потом, правда, развелись быстро. У нее фригидность генитальная обнаружилась в запущенной форме, а он очень активный парень был, часами мог, а чуть отдохнув, опять часами.

В Америку он уже инженером прибыл, со сложившимся мировоззрением и разными справочниками. Неплохо разбирался в геополитике, играл в преферанс, короткие нарды. Любил порассуждать о Рейгане, о том, как тот выдавил из Горбачева все, что только мог, как зубную пасту из тюбика выдавливают все равно. Знал на память почти все баллады Галича, мог исполнять их под гитару сильным, неприятным голосом.

Однажды на эмигрантской вечеринке познакомился с Декталией. Так она и представилась.

– А в натуре? – спросил Зипперштрамм нетрезво.

– Точно так же, – вздохнула Декталия. – Мы же тут из Баб-загара.

– А! – сказал Зипперштрамм. – Ну хорошо.

После вечеринки провожал ее домой, девушка жила на авеню О. «Декталия, Декталия, сейчас возьму за талию я, кажется, тебя», – пошатываясь, пел Зипперштрамм сильным, неприятным голосом, а потом действительно хап ее за талию – и прижал к ближайшему «Шевроле». И это был первый случай, когда ее ноги оказались у него над головой на виду у случайных пешеходов. Колени у щек, мягкие, влажные колючки, тихие стоны и красивые глаза-щелочки заставили Зипперштрамма позвонить Декталии наутро. Пешеходы смущенно фыркали, косясь на Санин торс, выгибающийся под полной бруклинской луной. Ночь сквозь волосы Декталии запомнилась фонарными бликами на мешках с мусором и дождевыми каплями на ветровом стекле. Небольшая травма, которую она, нервничая, нанесла ему передними зубами... Не обошлось без конфуза, словом.

Она мечтала уйти от строгого отца, Ираклия Юсифовича, и от инертной, равнодушной ко всему на свете, кроме дорогих украшений (а где их взять? в «Тиффани»? ага, сейчас) мамы. Ираклий Юсифович был сангвиник. Тоже еще профессия, скажете вы. А кто говорит, что это профессия? Конечно, это не профессия. И холерик не профессия. Это скорее нечто вроде типа, типа характера, характера типа человека. Как бы вроде типа: узловатые пальцы, седые пряди, играл когда-то на скрипке в филармонии, но пришлось сменить инструмент на баранку. Работал ночами, днем отсыпался, у жены апатия, дочь спуталась с каким-то из Ростова. Провинция, а гонора на две столицы! И как он позволяет себе... разговаривать... таким тоном... таким тембром... и рассуждать! Он задыхался от гнева, не слышал претензий пассажиров... по Мэдисон, конечно лучше, на Третьей до 59-й затор... «На фиг траффик! – кричал он исступленно. – А пешком не хо-хо?!» Включал надпись Off Duty, разворачивал бутерброд с «Московской», шумно тянул «Спрайт» через соломинку, вспоминал яму, профиль второй скрипки Анжелы Донор, ее муж работал репортером в «Заре Бабзагара», после концертов она позволяла ему совсем немного, но он был рад и этому малому. «Хуторок в пипи», так называла она их нечастые радости, когда Ираклий Юсифович, привстав на цыпочки, наблюдал за нею, восседающей этакой Клеопатрой на унитазе, и поглаживал себя ниже пояса. А иногда, на гастролях, она брала в рот его тонкий, наканифоленный смычок и пробовала на зуб вступительные аккорды Первого концерта Петра Ильича – и выходило похоже! Боже, как быстро промчалась жизнь. Таксистом в Нью-Йорке, в шестьдесят пять, дочь путается неизвестно с кем из Ростова! У жены пропал остаток интереса к жизни – и ради этого стоило ехать?

Декталия работала секретаршей в офисе адвоката Таненбоума. Туфли у адвоката были с кисточками, а лацканы пиджака в желтоватой перхоти. Приставал он к ней с самого начала, но когда она дала ему понять, что 58-летние обрюзгшие религиозные евреи, независимо от их материального достатка, не в ее вкусе, он стал грубить ей, поставил ультиматум: либо он будет пользовать ее дважды в неделю в перерыв на ланч, либо ей лучше подыскивать работу в другом месте. В каком? Это ее дело. И она осталась у Таненбоума.

Шел дождь. Саня сидел у окна своей квартирки в Парк-Слоуп и думал о том, что вот, ему уже 37 лет, а он четко не знает, чего хочет в жизни. Не знает, чего хочет, и не знает, кого хочет. Хочет ходить на концерты старых звезд рок-н-ролла, потому что вымрут они скоро, как мамонты, и никогда он не увидит их больше. Допустим. Но и новых не хочется пропускать: всех этих нью-вейв, нью-эйдж, ретро-техно и хаус. Декталия обещала ему позвонить, упустив из виду, что сегодня был «ее» день у Таненбоума.

И Саня решает зайти за ней.

Видит их вместе.

Избивает адвоката. До полусмерти.

Они бегут. Будешь жить у меня. Милый, но ты ничего обо мне не знаешь. А что я должен знать? Ну, например, о моем ребенке, муже. Где они? И она рассказывает ему...

...О том, как два года назад ее бросил муж и забрал ребенка, обвинив в некомпетентности. А он сам был некомпетентен, между прочим. И кололся к тому же. Корчил из себя видеографа, а пару копеек заработать? Ах, Декталия!

Вот она Сане З. и обрадовалась. Вцепилась в него жилистыми ручонками. Давай жить чаще, да лучше, да вместе. Давай.

Дальше разворачиваются картины туманные, но по-своему чарующие. Лопочут на курортах искусственные попугаи, сражаются в казино с фортуной туберкулезные старцы. Жизнь, я люблю тебя, и не в последнюю очередь за краткость твою.

Умирает мать Декталии, она едет на похороны в Нью-Джерси. Там встречается с бывшим мужем, который оказывается никаким не бывшим. Эх, жизнь жестянка. И все такое.

Он убивает его. Кто кого? Это вскоре должно проясниться. Бегство. Их ловят. Приговаривают его к пятнадцати годам, ее к десяти. А ее-то за что? Зипперштрамма хоронят. Мать в Ростове кончает с собой. Полногрудая Ленора Борисовна не знает, как жить дальше, она ведь не забыла его, первую любовь не забывают.

К власти приходят совсем плохие.

Финал? Дождь. Дождь. Смерть и дождь. И граммофоны под дождем, играющие каждый свое. И капли дождя блестят на их трубах. И молитва. И жизнь, сложившаяся не вполне.

2002

В гостиной старика Ло

Разговаривали дружелюбно и с одушевлением пять человек. Вернее, трое из них оживленно беседовали, двое отмалчивались, и все они, если не считать Кейт, состояли друг с другом в родстве. Совсем дряхлый и розово-матовый среди них был прадед, далее следовал дед-по-моде-прежних-лет-одет, за ними шел отец, вьетнамской войны боец, а чуть погодя и уже на диване, держась за руки и глуповато пересмеиваясь, как это делают влюбленные и дети с синдромом Дауна, сидели сын Том и его невеста Кейт в темно-зеленом свитере, длинной черной юбке с разрезом, белых носках-можжевелах и мокасинах «дюран-дюран» – такая, короче, девочка – будьте мне здоровы, все у ней было на месте: и пробор, и десны, и сечение, и конусы. Уточню: прадед участвовал в беседе на шумовом почти исключительно уровне, на астматическо-асемантическом, если угодно. Он был астматик, прадед наш, и недуг этот доставал его по-черному. И хоть мы с вами и не стронулись еще, считайте, с места перед телевизором (гоу, янкиз, гоу!) в гостиной прадеда и деда (пенсионеры вместе жили, так им дешевле выходило, да и ухаживать за прадедом так тщательно, как это делал дед, никто бы и не смог: родная кровь – не суй-хобачий, компрене моё? Вот так-то, милые, так-то, хорошие: он один, к примеру, знал, когда журчать нужда старому хрену повелевала или бутылочку когда сменить ему, чтобы обивку этот самый патриарх дыхательных путей не заплевал всю сгустками своими и т.д.), заметим сразу, что родовой этот расклад уже накладывает кой-чего на предстоящее и не позволит, скажем, прадеду тряхнуть сединами и приударить за невестой правнука, ну а отец, если и пригласит на танец деда, то на шутливый разве, иначе многие из непродвинутых тут сразу напрягутся: что за дела? Что это за гомоинцест такой в служебное (по крайней мере, для меня служебное – я на работе всё это пишу) время?

– Папа, ты даже представить себе не можешь, как нам необходимы сейчас деньги: мы переезжаем на новую квартиру и лендлорд требует у нас за 3 (три!) месяца вперед, – размечтался сын, выпуская из своих огромных красных рук разнообразные штучки, которые он быстро поднимал и снова ронял на пол: микропроцессоры, мобильники, пейджеры, модемы, плееры и прочую дрянь начала XXI века. И при этом у него еще текло нечто липкое изо рта (жидкий шоколад? или, может быть, все-таки «Пепси»?) – красавец-жених, ничего не скажешь, а Кейт, его невеста, нервно посмеивалась и вздрагивала всякий раз, как прадед Ло со свистом выпускал из своей небольшой, желтой с коричневыми пятнами трубки едкий дым. – Папа, ну как ты не возьмешь в толк, что для тебя курение – смерть? Врачи махнули на тебя и на твои гребаные метастазы рукой, и ты хочешь, чтобы мы тоже взяли и махнули, да? Скажи, – и мы махнем, это не сложно, поверь мне. (Прадеда Ло все Папой называли, а посмотрим, как вас в его годы звать будут, Шонед О'Коннор, что ли?)

– А что, если это вполне сознательно зову я смерть, мне видеть невтерпеж достоинство, что просит подаянье, над простотой глумящуюся ложь, ничтожество в роскошном одеянье? – хитро ухмылялся Папа Ло, цитируя сквозь кашель и приветливо помахивая своей небольшой, желтой с коричневыми пятнами, трубкой. Румяный скелет с белыми клочьями волос за ушами всю жизнь читал и перечитывал Шекспира, всю жизнь читал и перечитывал его, полагая, что лучше «Гамлета» вообще на свете ничего не бывает, разве что «Беовульф» – хотя бы потому, что и там и там – датчанин задействован, а его, Ло, предки в Америку именно оттуда дунули, из Дании, хотя на этом сходство между Б и Г, пожалуй, и заканчивалось, и Папа Ло это очень понимал, но закрывал на этот факт свои бесцветные слезящиеся глаза без ресниц. Он был не беден, старик Ло (хоть и изрядно скуп), сколотил состояние на хлопке, вкладывал в бродвейские шоу, терял, снова вкладывал, а одни акции чего стоили! Короче – есть ему что вспомнить: и битву с монстром, и Великую Депрессию, и инвалида Рузвельта, и конный спорт, беседы у камина, – и где это все сейчас? И как пользоваться всеми этими штучками-дрючками, ну этими новшествами всеми, которые показывают по телевизору? – и, глядя на Кейт, он немного приосанился ниже пояса, поскольку стал представлять ее почти без одежды и с раздвинутыми ногами, розовыми и потными, как зад балерины после премьеры в Линкольн-центре, а что? – фантазии такого рода налогом не облагаются ведь, и хоть в штанах у него был полный штиль аж со времен Корейской войны еще, но все равно, знаете, как иной раз старый кобель нюхает под хвостом у молодой сучки? Хочется, ой, хочется, ну я прям не могу, хотя куда и зачем – многое подзабыто уже, да и нечем особенно.

– Я хочу курить – следовательно, я курю, – отчеканил он и закашлялся. – Если отказывать себе в привычках, выработанных в начале века, зачем дотягивать до конца его? – и Ло выразительно посмотрел на Кейт, которая в свою очередь, не спускала с него прекрасных глаз с голубыми тенями-блестками в стиле ретро-диско. Она тоже немного увлажнилась там, где трусики, кончила в прошлом году Медицинский Колледж и готовилась стать офтальмологом.

– Господин Дейч, курение вредно для вас, послушайте меня, врача (окей, почти врача, вредина вы этакая!). Есть несколько очень действенных способов бросить эту дурацкую, простите за резкость, привычку. Во-первых, нашлепки. Да, нашлепки, не смейтесь, – и она стала загибать свои длинные сексуальные пальцы с зеленым маникюром и серебряными кольцами. Боже, как Томас, да и Скот тоже, и даже тихоня Боб, любили ласкать эти пальцы! А однажды Скот попросил ее… или нет, это Джейсон, у нее сразу после Аллена был Джейсон, они познакомились в ординатуре, Майкл бросил ее к тому времени, она немного занудливой на его вкус оказалась, ну, тут надо знать привереду Майкла и его т. н. принцип черты оседлости в постели, и еще он считал ее неискренней, ну это уже его, как говорится, проблемы… Его Питер, кстати, предупреждал: Грег не знает ей настоящей цены, эти тетки из Скарсдейла и Вестчестера думают, что купить лофт в Челси – это решение всех проблем, Лэри. Но это далеко не так, Лэри: лофт в Челси – это далеко еще не решение всех проблем, Лэри… А она, недотепа, любила Томаса, и вовсе не из-за денег старика Ло, причем тут деньги Ло? Ох, уж эти мне ваши принцессы на горошине! А он, Томас… но это уже Джессика должна будет вам рассказать, Джессика Сливка – лучшая подруга Кейт; та самая Сливка, которую Кейт попросила однажды во время экзаменов пойти вместо себя на свидание к будущему хирургу Роберту Боденго (но не к Бобу, того звали Боб Маруни), и он даже предпринял попытку приподнять ее за талию и поцеловать на французский манер, но не удержал, и склонная к полноте Сливка пребольно стукнулась об паркет в спальне Роберта Боденго!

2000

Тони + Люда = любовь

Они познакомились в самый разгар холодной войны, а поженились уже после распада СССР.

Он подбирает ее в аэропорту им. Кеннеди и везет через недавно сданный в эксплуатацию Мидтаун-туннель, а она не успела поменять деньги и так из-за этого нервничает, что даже на величественные виды, проплывающие за окном кэба, не обращает никакого внимания. Тони смотрит на нее в зеркальце заднего вида и наглядеться не может: мешки под глазами, волосы растрепаны, но есть какая-то, черт бы ее подрал, изюминка, которую обезьяна-жизнь не успела выковырять из кекса и засунуть себе за волосатую щеку. Она ему про перемены в России (ему сначала послышалось «в Пруссии», но за обедом он понял свою ошибку), он ей про Knicks[1].

А надо сказать, что американцы в описываемый период относились к России с большим подозрением. Оно и понятно: страны наши тогда то и дело издавали угрожающие звуки и указы, а также периодически бряцали оружием: Макнамарра, Кубинский кризис, пляски в ООН. А он небрит, но в таксистском картузе и держится с достоинством: это Организация Объединенных Наций, на этом месте бойни когда-то были, эта река так и называется Ист-Ривер, она и судоходна, и рыболовна, но не Миссури, далеко не Миссури. Очень Тони напомнил ей бывшего мужа-гебешника, с которым они расписались на втором курсе МГУ, но не сошлись характерами: он много пил и подслушивал. И вот влюбилась она в Тони, словно какая-нибудь семиклассница, честное слово, в женатого преподавателя труда Олега Григорьевича. Они, Тони и товарич Лудимила Буторенков, договорились встретиться и отужинать. А у американцев, надо вам сказать, принято

[1] Нью-Йоркская баскетбольная команда.

135

ложиться с женщинами на ковер и сосать ихние тити только после третьего ужина. Я знаю, что говорю, у меня все друзья-женщины американцы или канадцы. Попадались и мексиканки, но меньше, и они более импульсивны в своих порывах, так что до третьего ужина дело иногда не доходит. А у Людмилы и Тони не было, сами понимаете, времени для этого разбега, ей через два дня домой в Ленинград, так Санкт-Петербург при большевиках назывался. И язык у нее, сами понимаете, какой: скорее британский, чем американский. Ну, он ей про бокс, бейсбол и – за талию. Она взглянула в его глаза, разрешила поцеловать. Отправились в номер. Она стала раздеваться. Прямо при нем. Он отвернулся, а она: не отворачивайся, таксист! Смотри на меня, ослепительную и белокожую русскую женщину за границей! Я тебе совсем скоро очень многое позволю, вот увидишь. А Тони глазами хлопает, не понимает. Она теснить его стала: будешь? Он прильнул к ней плотно, задышал глубоко, как рыба. Тогда она с ним по-польски почему-то заговорила, а была она в строгой красивой обуви и очень маленькой шляпке с вуалью. И это его задело. Сильно задело. Он даже кожу на пальцах содрал, окно выходило на Мэдисон – вот как это все его всколыхнуло.

Прошло несколько десятилетий, как проходит ночь после индийского ресторана: с отрыжками, не надо было этот сладкий йогурт брать к курице (а скорей всего, просто голубя забили на карнизе и в кастрюлю сунули, разговор короткий). Тони успел жену бросить за это время. Все ждал, когда тов. Буторенков приедет, не забыл ее тепло. Приехала-таки, а что, обещанного не только три года ждут, но уже в звании подполковника, редкость для дамы, но не небывальщина, может, может им женщина быть, подполковником! Старые связи, сколько воды, общество с ограниченной ответственностью, зам. ген. директору жупан порвали, чтоб не летал так высоко над чужими куренями, мало ли.

Встреча. Сидят, он за это время русский подтянул только за то. Неловкая пауза.

И вдруг: началось со свиста, а кончилось взрывом. Да нет же, не террористы, просто какой-то прибор полетел в котельной. Очень перепугались оба.

Тони и Люда сейчас во Флориде второе кафе открывают, флажки на канатах трещат на ветру, любит он ее безумно, безмерно. На руках носит, неодетую, в спальню и назад, в спальню и назад, и часто, а ей за шестьдесят уже. Она к нему с Пастернаком, Ахматовой, более современными авторами... Но об этом после эспрессо, маэстро!

2005

Эльдорадо

В детстве вопрос пола неожиданно уперся в лошадей. «Это мама или папа?» – спрашивал ты у взрослых. «Конечно, мама, – отвечали взрослые. – Видишь, у нее ленточки в гриве разноцветные, как у девочек?» – «А вон та?» – «Та – сестра». – «А брат где?» – «Брат на скачках», – говорили находчивые взрослые. «А едят они сено?» – «Ага». – «А по-большому чем делают?» – «Тоже сеном, но тщательно переработанным».

«Хорошо в краю родном – пахнет сеном и говном», – нараспев декламировала тетя Аннушка то ли Гойхман, то ли Мичман, а скорее всего, просто Цукерман, старенькая, худенькая тетя Беба Цукерторт, в ветхом пальтеце, с морщинистым личиком и щербатым, цвета корейской морковки маникюром, иногда эвфемистично заменяя «говно» на «молоко», но далеко не всегда. Она умерла потом, пенсия у нее была крошечная, десятирублевая, ну как на такую прожить? И еще она декламировала:

Жасмин хорошенький цветочек.
Он пахнет очень хорошо.
Понюхай, миленький дружочек.
А правда пахнет хорошо?

Если сложить первые буквы каждой строчки, получалось некрасивое слово. Когда ты произносил его, тетя Аня Цейгильмундер хваталась одной рукой за сердце, другой за перила «Детского мира» и беззвучно тряслась, легонько выпуская старческие газы в утренний октябрьский воздух.

В детстве ты приставал к взрослым как банный лист: сколько раз, спрашивал ты, можно повторять один и тот же вопрос, сколько, сколько, ну сколько? Два раза, пять или больше? Два – еще ничего, отвечали взрослые, но если тебя поняли сразу, – лучше ограничиться одним. Пять – и над тобой будут потешаться, как над клоуном в цирке. Больше пяти – и тебя будут просто считать нездоровым мальчиком. «Одну минуточку! – поднимал над головой указательный палец ты. – Что же это выходит? Выходит, баба Лена – клоун? Ведь баба Лена минимум раз десять просила папу привезти ей из командировки телевизор. А то и все пятнадцать. Выходит, баба Лена – нездоровая?»

И обязательно такой, как у соседки. А какой у соседки? Папа понятия не имел, какой. Тогда бабушка стала что-то показывать руками, загибать пальцы, быстро моргать глазами, вероятно, изображая частоту строк, зачем-то даже присела несколько раз на корточки, но так и не смогла объяснить, какой у соседки. Отправились на поиски соседки. Соседка жила в самом конце коридора, там, где ванная и запахи... Долго стучали, соседка не открывала. Наконец, дверь открыла соседка соседки – тугая на ухо старушка с лермонтовскими усиками и большой, обмотанной полотенцем головой. Оказалось, что соседка дежурит в больнице, будет к восьми. А в восемь пятнадцать у папы самолет, он в полвосьмого уже должен стоять у гастронома, на углу, и ловить такси, а еще лучше в семь пятнадцать, их так просто сейчас не поймаешь.

Ты молил Бога – Бог почему-то представлялся тебе крокодилом из детской сказки, в плаще и шляпе, а из-под плаща у Бога торчал неопрятно-зеленого цвета хвост, – чтобы папа уехал в Москву, так и не выяснив, какой у соседки телевизор, и чтобы папа вернулся домой без телевизора. Дело в том, что существа, с недавних пор поселившиеся в бабушкиной комнате за шкафом, поставили тебе как-то ночью довольно жесткие условия. «Если у бабы Лены будет телевизор, – заявили существа, – тебе, Мишенька, не поздоровится». И ты испугался.

Существа за шкафом вели себя вызывающе: громко и немузыкально пели, гремели сковородками, иногда внаглую включали полотер. Если бы баба Лена так чудовищно не храпела по ночам, она давно бы обратила внимание на эти бесчинства и, возможно, вызвала бы милицию. Но баба Лена, как назло, ночью громко храпела и присвистывала, а во время непродолжительных пауз бормотала что-то на непонятном языке и горестно вздыхала.

– Алло, Леночка Борисовна? – звонил папа бабушке из Москвы. – Ну что, Леночка Борисовна?

– Кто это? – кричала в трубку недогадливая баба Лена.

– Зять Фима беспокоит, – отвечал папа. – Из гостиницы «Минск». Ну что? Только бикицер, Леночка Борисовна!

– «Рубин»! – кричала баба Лена, отбивая нетерпеливую чечетку в темном коридоре коммуналки, где даже летом гуляли опасные для здоровья сквозняки, а ведь дело шло к зиме. – «401-й Рубин», по диагонали!

– Буззделано, – бодро отвечал папа и подмигивал какой-то тете, сидящей у него в номере на неприбранной кровати.

– У меня не зять, а чистой воды золото! – кричала баба Лена в трубку.

– Чтоб вы таки знали, – отвечал папа и, наклонившись над тетей, трогал ее шею.

– Громче говори, очень плохая слышимость!

Тебе хотелось плакать. Теперь от этих тварей тебе точно покоя не будет. Что же делать, что же делать, что-то же надо делать? Нельзя вот так сидеть сложа руки и ничего не делать. А что делать? Рассказать обо всем бабе Лене? Рассказывал уже. Она в ответ только смеялась и сверкала золотыми зубами. Попросить у мамы и папы разрешения спать с ними? Просил, но мама сказала, что, во-первых, ты уже не ребенок, а во-вторых, папа ночью очень громко храпит, еще громче бабушки, и ты просто не сможешь заснуть из-за его храпа. Вот и маме папа часто мешает спать, и ей даже приходится на него прикрикивать. И действительно, ночью ты иногда слышал, как мама за стенкой громко и прерывисто кричит и даже трясет спинку кровати, – и все для того, чтобы папа проснулся. Но все равно, рассуждал ты, лучше папин храп, чем эти твари поганые. Твари представлялись тебе так или иначе связанными с Богом в плаще и шляпе. То ли они были заодно с последним, то ли между ними была вражда на неизвестной тебе почве – все это было весьма и весьма туманно.

Через неделю папа вернулся из Москвы с телевизором для бабушки, костюмом «джерси» для мамы и чехословацкой игрушкой-роботом для тебя. У робота горели глаза, он жужжал, натыкался на ножки стульев и торшера, падал, но тут же поднимался и упрямо шел вперед.

– Чешский Ванька-встанька, – шутливо пояснял папа. – Или по-ихнему: Ян-повстан.

Все, кроме мамы, смеялись. Ты тоже смеялся, игрушка тебе нравилась, хотя соль шутки была непонятной.

– Скажи еще: Ванька-в-Таньке, – подключалась к разговору баба Лена, на секунду отрываясь от Каплера в белой водолазке.

– Ванька-в-Таньке – это ничего, – хмыкал папа.

– Мама, смотри лучше свою «Панораму». Взять и при ребенке ляпнуть такое.

– А что я сказала?

– Ванька-в-танке! – говорил ты и заводил своего нового чешского друга.

– Ну вот, теперь он во дворе будет повторять.

– Там без мягкого знака значение меняется, – говорил папа.

– Не может быть! – язвила мама. – Да ты у нас просто какой-то Даль без палочки.

– Так в таньке или в танке? – уточнял ты из под стола.

– А знаешь ли ты, мой друг Михаил, – переводил разговор в познавательное русло папа, – что слово «робот» чешского происхождения? Да, представь себе, – чешского! Дело в том, что лет пятьдесят назад жил да был на свете один писатель, и звали его Карел Чапек...

Действительно, сколько раз можно повторять одно и то же действие? Все уже было однажды, или это только кажется, что все уже было однажды? Когда в космос полетел человек, ты подумал: «Ну и что? Что тут такого? Давно уже летают все». Самолеты летают, ты это сам видел, когда провожал родителей в отпуск. Подумаешь: космос! А небо между Одессой и Ленинградом – чем не космос? А вертолеты? Чуть ли не каждый день, особенно летом, ты видел в небе вертолет.

Или когда масло папе в «Победе» меняли. Ты остался в машине и вдруг услышал по радио, что убили Кеннеди. «Ну, сколько можно! – подумал ты. – Ведь его уже убивали один раз. Что у них из Америки других новостей нет?» Потом папа сказал, что это другой Кеннеди, их там, в правящих кругах США, несколько человек под такой фамилией. И еще папа сказал, что проблем везде хватает, а Эльдорадо на карте искать – только глаза себе портить. Про Эльдорадо ты не понял, а новость про Кеннеди тебя расстроила...

Ночью, когда баба Лена уже вовсю храпела, из-за шкафа до тебя стали доноситься голоса. Говорили трое. Мужчина, старик – или старуха, по голосу невозможно было определить, кто именно, – и девочка примерно твоего возраста. И все они были зашкафные монстры.

Монстры говорили: телевидение смерть несет людям. И разруху серого вещества несет, и микроинфаркты по второму каналу. И детей в дебилов превращает, и в эпилептиков досрочно. А ведь это наша сфера влияния. И конкуренты нам до лампады.

– И помощники на фиг не нужны! Сами с усами! – кипятилась девочка.

– Стараемся, блеять, заморозить время, стараемся лавочку закрыть на переучет, чтоб не повторялось все, как белка в колесе, а благодарности, блеять, – ну, нуль без папочки, – раздраженно говорил мужчина-монстр.

– Там хорошо, где вас мало, – ни к селу ни к городу добавил не то старик, не то старуха, почему-то при этом картавя.

И тут девочка-монстр отчетливо произнесла:

– Твоя бабушка откинет копытца, когда ты, Мишенька, перейдешь в седьмой класс. Попомнишь нас еще. А сам смотри – пойдешь в своего папочку, земную жизнь ты фиг пройдешь до половины...

И ты громко закричал и разбудил бабу Лену и спрашивал у нее сквозь слезы про копыта, и что означает «блеять», – и баба Лена успокаивала тебя, и кипятила молоко на кухне, и ты пил его большими глотками, и всхлипывал, и просил немедленно, сию же минуту отдать телевизор кандидату медицинских наук урологу д-ру Айзенбергу Я.Б. со второго этажа. Доктор Айзенберг не позволял вам во дворе играть в футбол и постоянно грозил проткнуть ваш резиновый мяч шилом, которое носил в специальном футляре. Так пусть лучше у него эти неприятности с зашкафными гадами будут. Он думает, если он уролог и защитил диссертацию про мочевой канал, так ему все можно!

Баба Лена умерла, когда ты перешел в девятый класс. В девятом классе ты уже знал, что такое откинуть копыта, и что «блеять» – это обычное «блядь», но о предсказании девочки-монстра ты забыл начисто. Возможно, потому что предсказание оказалось настолько запоздавшим, что и предсказанием его назвать нельзя было, а может быть, потому, что занимали тебя в то время предметы совершенно иные. Например, приталенные рубашки противоположного пола и все, что под ними было сосредоточено, шестиструнная, с трудом настроенная гитара и песня «Кент Бабилон» знаменитой ливерпульской четверки «Жуки».

Четверка эта появилась неожиданно, и как все на свете, – точнее, на одной шестой его части – с большим опозданием: сначала на фотографиях у ребят постарше, потом в гитарных ритмах, доносящихся из распахнутых в конце апреля окон, потом все ближе, ближе… И как ни странно, одновременно с противоположным полом, так что и не поймешь, дополняла ли четверка этот самый пол, озвучивала его, или каким-то образом пол стал одним из проявлений четверки, но то, что в область запретного одновременно вошли и девочки, и четверка – это несомненно. «Битлз» поначалу были не столько музыкальным явлением, сколько тем, за что склоняют на педсовете. Битл – это то, что нельзя, то, что плохо, за это могут выгнать из школы, или оставить на второй год. «Что ты ходишь как битл нечесаный, хочешь, чтоб вши в голове завелись? А ну, марш в парикмахерскую!» «Ты что, мусорщиком всю жизнь хочешь вкалывать, как битл какой-то? Тогда учись как человек».

– О чем они поют? – спросил ты однажды у папы. Папа был немного полиглот, ну совсем чуть-чуть. Прослушав с минуту запись на пластинке фирмы «Мелодия» (англ. народн. песня «Девушка», аранж. вокально-инструментального ансамбля «Битлз»), он сделал вольный перевод с аннотациями: «Эти великобританские горлопаны поют о девочках-девочках, одетых в английские слова и выражения». И чуть по-

думав, добавил: «А вот тут у них – деепричастные обороты».
Но не показал где.

В Ливерпуле, в ресторане,
В белых пиджаках –
Там сидят четыре битла
С гитарами в руках.

Как предсказуемо, однако, западная поп-культура преломилась и раскрошилась в ресторанных красивостях провинциального южного города! В белых пиджаках, в ресторанах, с гитарами и, скорее всего, с недоеденными котлетами по-киевски и картофелем-фри, плавающем в остывающем жире. («– Джон, еще оливье»? – «Йе-йе! А впрочем, ноу, спасибо, Ринго, я сыт». «– Ну, тогда по кофе-гляссе, и – гет бэк?»).

Кент Бабилон! Он!
В девушку одну влюблен!

Когда ты стал встречаться с Дианкой из параллельного класса, в 72-м или 73-м? Точнее, когда она стала встречаться с тобой?

Ты боялся к ней подойти: ее замшевая миниюбка создавала поле, в котором ты ощущал известный дискомфорт, доходивший до легкого паралича с частичной потерей речи, а взамен приобретал нежелательную потливость. (Что касается колен над гольфами девушки, то это статья особая, волнующе-выпуклая, в ссадинах и царапинах, и статья эта так же не располагала к непринужденной беседе. Наоборот: скорее к вздохам, как в той самой «Девушке» с пластинки фирмы «Мелодия»). Поэтому, когда она сама подошла к тебе на перемене, и ни с того ни с сего:

– «Солярис» смотрел уже? – спросила, ты пролепетал:

– Да, то есть «Солярис» – нет, кино не видел, но иногда я думаю...

– Иногда? Умница. А фильм, между прочим, – туши свет, кидай гранату.

– Я на наши почти совсем не хожу, то есть. Ну то есть исключения бывают, конечно, не без этого, но стараюсь – мало. Мало все же заслуживающих есть, то есть... (Любая глупость, любая неправда, только, чтобы показаться интересным). «Блондин в черном ботинке» – вот это вещь.

– Издеваешься?

Ты украдкой наблюдал за ее губами, следил за движением языка, слова значили совсем немного.

– Ты и «Рублева» не смотрел?

– Честно говоря, нет. (Неправда. Два раза смотрел, один раз казенил контрольную по обществоведению даже. Зачем столько лгать? Чтобы понравиться, для этого, да? Да.)

– Ну ты даешь! Обещай, что посмотришь «Солярис». Хочешь, вместе сходим?

– Ладно. (ХОЧУ!)

– Я там, правда, в сцену с ухом не очень врубилась. Там ухо крупным планом и долго. Это я не очень. Ухо, представляешь?

– Надо же.

Ты был всецело поглощен ее зубами, почему-то очень хотелось их потрогать.

«Солярис» понравился с оговорками. Про ухо, действительно, непонятно было. Изыски? Тайный смысл? Но какой? Имеющий уши да услышит? Сомнительно. Хотя ей ты сказал, что фильм гениальный. Гениальный, за исключением уха крупным планом. Ухо непонятно было.

Перед экзаменами вы с ней что-то зубрили про шар с конусом, потом делали «шпоры», потом она пришивала носовой платок к подкладке твоего вельветового двубортного пиджака – для конспекта конспиративного, а ты все доставал ее, что ты, мол, художник, каких мало, и она это когда-нибудь поймет и оценит, но жить на тот момент ты будешь далеко, и тогда она сказала: хочешь, я тебе попозирую? Давай, сказал ты.

На улице зажигали фонари. Где-то рядом неприятно смеялись дети, чей-то хриплый голос настаивал: «А что, Лиду совсем нельзя?» – «Я же вам, кажется, уже сказала, молодой человек: Лида моет голову».

Она стала позировать у окна на стуле. Речь шла только о портрете, но она стянула с себя синюю футболку. Если лица тебе кое-как удавались еще, то к ее торсу ты был подготовлен слабо. К тому же очень отвлекали торчащие в разные стороны острые груди. Что-то ты там изобразил такое фломастером на бумаге, подписал, поставил дату. Она мельком взглянула на портрет, кивнула, улыбнулась. Кстати, когда она позировала, она тоже улыбалась, причем на щеках ее появлялись ямочки.

Поздно вечером ты провожал ее домой. Когда вы остановились перед ее подъездом – она жила на бульваре – ты вспомнил, что портрет она забыла у тебя.

– Ничего, – сказала она. – Зайду в другой раз.

Вы поцеловались, и тут она шепнула, что ради тебя готова была отказаться от туфель на каблуке – она была чуть выше тебя ростом.

Ты отшутился:

– Боже, какие жертвы!

– Дурак, – тихо сказала она.

Когда вы разделись, она все спрашивала, каково тебе будет переспать с женщиной, которую ты знал ребенком, а ты отвечал, что не знал ты ее ребенком, вы всего пару лет знакомы, ты перевелся к ним из другой школы, а она сказала: ну да, пару лет! а ты сказал: конечно, день рождения у Толика помнишь, два года назад, там мы и познакомились, а она сказала: какого Толика? а ты сказал: пить меньше надо, ты тогда еще с Сашкой Rocky Raccoon под гитару пела, а она сказала: ну и что, я с ним Rocky Raccoon на каждом сходняке пою, а ты сказал: не знал я тебя ребенком, а она сказала: врешь, знал.

1996

Русский человек для негра не унитаз

Бабушка без зубов смотрелась намного хуже, чем с ними. Оно и понятно. Над нею пролетали стрелы времени, смеялись внуки – недобрые и глупые без пяти минут американцы. А бабушке виделся родной край (в ее частном случае, г. Симферополь) – ведь там, там прошла молодость, там впервые сладко внизу живота сделалось, там и зубы были, белые, ровные, сверкающие – все там. А здесь? Похоронила мужа – раз, утратила задор – два, дети не навещают, говорят: далеко, и заняты – три. Что – далеко? Чем заняты? А ей к ним переться, с внуками сидеть шесть лет подряд ближе было? А покупки им таскать, конфетки-колбаски из гастронома «Колобок» ближе было? Петлюровцы, шептала бабушка и только расстраивалась. И если бы не соседка Аня с мужем, очень приличные люди, чуть ли не бывшие ленинградцы, и состоятельные – один ковер из Канкуна тысячи полторы – бабушка без зубов я даже не знаю, что б с собой учинила.

Бабушка без зубов думала: ну вот. Вот и пришла старость. И действительно, пришла. По НТВ показывали старую югославскую комедию с некогда популярным певцом в главной роли, но то, что вызывало смех раньше, сейчас его не вызывало. Да и зубы вставить руки не доходили.

Николай ей понравился сразу. Он был не стар еще: шестьдесят пять – для мужчины самый ренессанс. И бизнес приличный – хозяин видеосалона «Смотрите это сами». Здесь давно, помнит, как этот ненормальный на Рейгана с ножом бросился из-за неразделенного чувства к актрисе Фарре-Фольцет. Дети у Николая – тоже бизнесмены, турагентство у них свое, кооператив на Манхэттене. Он ей с ходу цветы стал дарить, очень изящно обхаживал, платье купил в подарок из воздушной ткани, но на подкладке и теплое. Как-то пригласил на концерт, житомирскую техно-команду «Лево руля» привозили. Потом в ресторан позвал. Она эту музыку не понимает, созналась, тяпнув коньячку и громко выдохнув, бабушка. Ротару – это да, а эти только глотку драть. Николай сказал, что он и сам эту музыку не того, то есть никакую, а не только эту, но надо же куда-то себя девать в выходные. И тут она улыбнулась ему, кротко, беззубо, но все равно вышло очень мило и даже чувственно. Потому что когда увлечен, когда хочешь увлечь, на многое закрываешь глаза. Чтобы не разочароваться до времени. Он и закрыл по этой причине.

А бабушкин сын Фимка, по кличке Двоежонс, был самый настоящий сорвиголова. Как у такой приличной женщины такое вот могло уродиться и вырасти под боком – ответьте мне, но сначала подумайте, здесь не скорость важна, а точность. Учился на массажиста, но занятия не давались ему, и решил он пойти в бизнес. Жена его была старшей стриптизершей. С чем сравнить ее грудь в те уже далекие годы – я даже не знаю. Первый муж ее был уголовник, его даже в Америку еле впустили, он хорошие бабки внес кой-куда, и только потом его впустили. Тогда уголовников, за редкими исключениями, не впускали почти. А она еще девчонкой силиконом накачалась, быстро разобралась, что мужчина на тебя совсем по-иному глядит, когда у тебя спереди много и во время близости ходуном ходит.

Фимка Двоежонс так сказал Элке: значит, слушай. Ты клевая телка, у меня на тебя полный аншлаг в трусах, но дай мне честное пионерское, что когда мы с тобой поженимся, ты с этой помойки уйдешь. Это ж не работа для такой классной телки, какой являешься ты. Ты ж такая классная телка, что я не могу прямо. Ты классная телка. Классная. Как Джулия Робертс – такая классная. «А ты-то меня прокормишь, пацан?» – в лоб Элка ему. Он только присвистнул значительно. Мол, ну. Тогда она для затравки «Пизанскую башню» с видом на площадь внизу отколола. Это, для тех, кто не в курсе, стойка наклонная на руках, ее описать – слишком много места займет тут. Скажу лишь, что Двоежонс присвистнул еще раз, и уже громче прежнего, подметив, как она и там хороша. «Эз эбов, со белоу». Правильно древние говорили, хотя и по другому поводу.

А ее начальник по стрип-бару с ней о ту пору подживал. Старый итальяша, Винченцо, если не изменяет память, Скарлаттини. Желтенький дряблый херок, но если слюной обмазать со всех сторон – твердеет и выполняет свои прямые функции. Он ее на работу совсем еще юной девчонкой взял по протекции мужа, они тогда недвижимостью пробовали спекулировать. Урка вбабахал три лимона во флоридские болота, чтоб там лавэ отстирать по полной. Дело, вроде, почти вытанцовывалось уже, но вдруг у итальяна во время сабантуя в Pelmeni A Go-Go на Элку в розовом костюме и дымчатых очках что-то там среагировало на эндокринном уровне. Это, кто не знает, там, где яйца у мужчины. Ну, он по ходу дела пронюхал, чем урка промышлял до ихнего содружества, и стал шантажировать: мол, либо Элка, либо будут тебе, парень, такие болота – за десять лет не выкарабкаешься. Урка забздел. Так Элка перешла из уркиных рук в итальяшины. И сильно с тех пор обозлилась на мужиков. Что это за дела такие, мол, что я им – переходящий вымпел с тухесом? И правильно, никакой она не вымпел. Но красивая молодая женщина – работник сферы вуайеризма и поклонения. Но... поклонения, прошу учесть, тех, с кем самой не грех, но ни в коем разе не тех, с кем на курортах стыдно перед малознакомыми даже. Ну, папашиного там возраста, это ладно еще, но под ручку с дедулей, трясущимся на бройлерных фиолетовых ногах? Позор. Вот так и ушла Элка от итальяхи к Фимке.

Бабушка без зубов полюбила невестку сразу. Домовитая, и японские шушики-шашимики умеет стряпать. Лучше Фимкиной первой жены, румынки с псевдодипломом диетолога – это точно. Не говоря уже об этих, прости Господи, временных официантках с Нептун-авеню, что зимой в одних комбинациях по улицам, как оленихи в свете фар, гарцуют. И воспаление их не берет, бесстыжих, и полиция не трогает. О них мы не говорим.

Ситуация, короче, складывалась, как стул, на котором бабушка без зубов отдыхала летом на бордвоке – шаткая, но легкая, – сложить и переставить в тень, где не так шумно – труда не составит никакого. Но где же вы видели там тень?

Когда Фимка с Элкой и детьми приехали к маме на сейдер и были представлены незнакомому, но на вид состоятельному господину в рубашке от Версаче с золотыми пуговицами и без воротника, и после второй разобрались, что господин делает «для жизни», Фимка Двоежонс сразу смекнул, чем эта встреча может для него обернуться. Деловым контактом, вот чем! И контакт этот надо брать прямо сейчас, после третьей, пока он тепленький и податливый. Дело в том, что Фимка давно мечтал сбыть пару фильмов пикантного свойства с Элкиным непосредственным участием, сделанных какими-то арт-уродами из NYU[1] еще во времена ее первых шагов в стрип-шоубизнесе – это, по Фимкиному мнению, могло явиться своего рода трамплином в его продюсерской деятельности, о которой он мечтал, просто мечтал. Ах, амбиции, амбиции! А правда, где и когда человеку мечтать, если не до сорока и не в Америке?

Однако осторожный Николай пыл Фимкин охладил, заметив сухо, что новые дистрибьюторы ему пока не нужны. Да и товар особенный. «Но, – и тут Николай сделал многозначительную паузу, – учитывая, – и тут он сделал еще одну паузу, – и бабушка во время этих пауз покраснела, она часто и густо краснела в последнее время, – посмотреть можно», – закончил он фразу и взглянул на Элку, ковырявшую вилкой гефилте фиш.

Шепотом договорились на следующий викенд у бабушки, Фимкин видак как назло барахлил.

Выбрали время, когда бабушка навещала соседку Аню с мужем. Так, решили, спокойнее будет. Но… человек предполагает, а Бог тоже не в свое дело вмешаться не дурак. Случилось так, что бабушке вдруг стало скучно у Ани с мужем. Те же разговоры, те же пересуды, те же сплетни и воспоминания: о, Эрмитаж у Сокурова, о, «Идиот» Товстоногова, о, Канкун в начале мая, о, свадьба у дочки Алеши Шойхета в

---

[1] Нью-Йоркский университет.

«Казанове». И бабушка решила откланяться, ибо в Эрмитаже не была, и в Канкуне тоже не была, и о том, кто такие Товстоногов и Шойхет, имела самое смутное представление. А сидеть и слушать как дура, набрав в рот воды, она и дома у телевизора может. Не обязательно для этого в гости ходить.

Вернулась домой раньше обычного, мышкой-норушкой проскользнула в темный коридор, кряхтя, кроссовки снимать стала. Услышала голоса. Стоны. Николай и Фимка сидели, развалившись, в гостиной у телевизора, пили какую-то американскую отраву, обменивались короткими фразами да поглядывали на телеэкран. Взглянула на экран и бабушка. Увидела любимую невестку, совсем еще юную, с выбритым под без пяти Котовского лобком, увидела двух мужиков (один из них вообще не белым каким-то был!), имеющих Элку на самый новомодный лад, сначала на холодильнике, потом у раковины, а в самом финале (Господи, а стыд-то, стыд-то какой!) пользующих ее в качестве унитаза с человеческим лицом. Как сквозь ватное одеяло донесся до бабушки голос Николая, будничный тон его замечаний. О том, что, в частности, неплохо бы еще, мол, пару серий сделать, так называемых сиквелов – и лишилась бабушка чувств. Грохнулась в коридоре на пол, виском зацепившись об полку с полным собранием сочинений писателя Куприяновой Людмилы, автора женских детективов.

Когда бабушка без зубов очнулась, Николай, склонившись над ней со стаканом сельтерской, объяснял, что это для пользы дела все, для Фимкиного, кстати. Фимка поддакивал, сбивчиво говорил о специфике современного кино и конкурентоспособности, о цифровой и сексуальной революциях, о том, что это Америка, и главное здесь попасть в струю, а чем торговать – без разницы, лишь бы покупали. Но бабушка отказывалась слушать и только трясла седой головой. Через четверть часа встала, держась за висок, с тахты, оправила платье – подарок Николая, решительно указала Фимке на дверь, обозвав напоследок ничтожеством и извращенцем. Скрепя сердце, попросила уйти и Николая. Он звонил ей потом раз двадцать, звал на Эйфмана, на Земфиру в «Миллениум». Какая к черту Земфира, какой Эйфман?

Так и осталась бабушка без зубов ни с чем. Так и не нашла личного счастья под конец жизни. Сидит на складном своем стульчике на бордвоке одна-одинешенька, ни на что не реагирует и повторяет на все лады: «Блядь. Блядь. Вот, блин, блядь. Курва такая, блядюга».

И сын ее, Фимка Двоежонс, скоро на ноги встанет, вот увидите. И продюсером сделается. И дети его от Элки и той румынки подрастут и в гарварды и бард-колледжи свои пойдут. Но бабушка... Как ей от шока оправиться?

Вот и весь сказ. Николай в прошлом году прикупил еще один видеосалон, а по субботам он у нас на радио, ведет программу «Наука страсти нежной». Фимка стал продюсером. Его эротический мюзикл «Целые спелки» скоро будут крутить по кабельному ТВ, в сентябре премьера. С Элкой они разошлись. Она сейчас за Жан-Клодом Дриссертом, тем, что «Содом и Гоморру» по Прусту поставил.

Бабушка... С бабушкой все не так просто. Бабушка стала всерьез подумывать о возвращении в г. Симферополь. Хочет там уже зубы вставить. Там тоже есть неплохие дантисты и, говорят, не такие кусачие. Понятно, первое время непривычно будет. Жевать забытую пищу, общаться с полумертвыми подругами. А что делать-то? А разве тут привычно?

Мой следующий рассказ непременно будет о бабушке, о ее возвращении домой. О целительном влиянии родины на человека. В особенности на человека, часть жизни которого прошла на чужой стороне. И еще рассказ мой будет о том, что русский человек, как ни крути, для негра – не унитаз.

2003

Последние слова

Джо «Крепкий орешек» Финк с задержками, полупорожним товарняком добрался до города, где он, по словам Дианы «Зябко ль тебе девица» Нойз, в детские годы хуем груши околачивал. У них был небольшой садовый участок. Кулаки у Дианы были крепкие, румяные, в фойе кинотеатра «Смена» пломбиром баловалась, а ему глаза закапали: не поймешь, кто там в главных ролях, кто в эпизодах.

Джо шел по незнакомому городу. Под ноги с карнизов что-то сыпалось. «Где ж/д, не подскажете?» – остановила его хромая девушка в брючном костюме. Он не понял, пожал плечами: «Это вас нужно спросить». Она на него уставилась, будто рукоятка от мясорубки у него из уха торчала.

Джо зашел в темный дворик. «Мальчик, где тут такие Люсик и Всеволод Пакчаяны живут?» – «Так это ж мои дядья!» – мальчик с балкона чуть не слетел. «Шутишь?» – «Бля буду». И мальчик сбросил ему связку ключей с запиской: «Поднимайся, скоро будем, не скучай и мальца, и мальца не замечай».

Мальчик молча откупорил бутылку «Курвуазье», тяпнули по одной, тяпнули по другой, потом в последние слова играть стали.

– «Больше света»?
– Эдисон?
– Гете. «Вон отсюда»?
– Маркс.
– Правильно. Кант?
– Не знаю.
– «Хорошо». Абеляр?
– Не знаю.
– Правильно.
Вконец Джо запутался. Налили по третьей.

– Люсик у нас комсоргом был, а с Севкой мы вообще... – сказал Джо.

Пришли Люсик и Всеволод, постаревшие, стали про Америку расспрашивать. «Ну что Америка, – отвечал Джо. – Америка как Америка. Что у вас тут?» Люсик и Всеволод крутились как могли: купили дом на Паскудова, выселили пенсионеров, первый этаж под банк сдали, но банк прогорел и этаж пустовал. Где-то на пол-лимона залетели. Люсик что-то вспомнил, исчез в спальне, вернулся с чашкой в форме биде, из которой Диана когда-то любила чай пить.

– А сама леди Дай как? – спросил Всеволод.

– Кому как, – сказал Джо. Три года назад Диана ушла от него к известному художнику-активисту, который неделями нагишом на полу галереи просиживал, питаясь одними хотдогами в окружении тикающих будильников, а под конец перформанса обмазывался горчицей и предлагал посетителям полизать. Многие отказывались, Диана не устояла. Будильники показывали точное время в столицах стран «большой восьмерки». Жемшича, или как его, даже на биенале в Белград приглашали, так он был актуален.

– Опаньки, – сказал Джо. – Я же на кладбище собирался.

– Не рано ли? – воскликнули Люсик и Всеволод.

– Мне к дяде Коте.

Дядя Котя был заядлым курильщиком, но дотянул до девяносто шести лет. Последними его словами были: «Столько не живут», – почему-то решил Джо. Памятник оказался у кладбищенской стены, могилка заросла крапивой, следить за ней было некому. Кого бы попросить, подумал Джо. Мальчика?

По кладбищу в поисках родственников бродили иностранцы с букетами георгин, и Джо ощутил себя частью сложной машины для ностальгирующих некро-номадов: здесь дядя лежит, а там его дочь, а тут первая любовь, а тут вторая. Так он Люсику и сказал. (Всеволод остался дома обед готовить).

– Будь проще, Жорка, – ответил Люсик.

– Еще проще? – спросил Джо и увидел Диану Нойз.

«Чертова кукла», так прозвал Диану Нойз папа-альпинист доктор Кох. Кох-то Кох, да будь сам неплох, подзуживали его коллеги по эльбрусским пикникам. «Лучше гор могут быть только горы», – пел старый маразматик под Высоцкого со товарищи. А Диана своевольность выказывала еще в младенчестве. Златокудрым ребеночком вопила: «Не хочу голубой костюмчик, хочу розовый!» И одевали как миленькие розовый. А он? Заполз год назад на башню Койт в Сан-Франциско, звонил ей оттуда, поеживаясь, из автомата. В ответ ни гугу. Почему не ответила? Он же и трахал ее периодически, и подарки дарил, скромные, но от души. В Европу возил, на фестиваль в Верону и в Зальцбург...

– Диана?

– А, привет, Джо! Знакомься: Джо – Жемшич. Жемшич – Джо.

И из-за памятника папе Коху высунулась бритая голова в модных очках.

– Гуд ту мит ю, Джо. Кул плэйс, ха?[1] – осклабилась голова.

– Жемшич хочет тут арт-интервенцию замутить, – объяснила Диана. – Контекст дискурса нащупывает.

– Прямо тут? – спросил Джо. – Кул.

«Какого хрена я отдал пять лет жизни этой арт-дуре? – думал Джо в пакчаяновом «Лексусе». – Мог жениться на ком угодно. Тогда это было просто. Все были чьи-то знакомые или родственники. Собирались на даче, играли в бутылочку, танцевали».

– А как там, кстати, наш Гарик? – спросил Джо. – У него еще сестренка была, подметки резала на ходу.

– А что тебе его сестренка, старый ты греховодник? В Москве наш Гарик, крутится. А с сестренкой, конечно, полный абзац вышел, – и Люсик стал оживленно размахивать руками. – Одолжила сестренка лимон под высокий процент. А партнер ее, кстати, тоже американец, к здешним заморочкам оказался, прямо скажем, не очень...

И тут их что-то сильно стукнуло и подбросило, и развернуло, и заставило перетечь в другое пространство, чуть ли не вечность усеченная их поглотила, выдавив мозг и раскрошив, и невесть откуда вдруг всплыл зоопарк в жаркий полдень, где ты и зритель и экспонат, где за небольшую пла-

---

[1] Приятно познакомиться, Джо. Здесь клево, а?

ту тебе дадут горстку сухого корма, дадут посмотреть (на себя) и погладить (себя же), и потрепать по загривку (тоже себя), а у входа женщины с серьезными лицами торгуют пыльными арбузами и вырезают из них треугольные пирамиды, и подносят на пробу на острие ножа, только фиг их попробуешь, только губы изрежешь.

Хоронили Джо и Люсика под проливным дождем. Всеволод прижимал к себе мальчика, мальчик всхлипывал, повторял: одна вещь является тождественной другой не по сущности, а в силу их безразличия... Между могилами мелькали зеленые кроссовки Жемшича. Жемшич снимал похороны на цифровую видеокамеру в режиме мягкой фокусировки, а Диана с раскрытым зонтом трусила за ним следом и переводила прощальные слова и молитвы. Дискурс будущей интервенции обретал новое наполнение.

2007

Город убывающих пространств

У девочки обувь возникла, – не вполне внятно, но именно так шумели все и указывали на девочку, сидящую, как ни в чем не бывало, на скамейке в парке Брайант, что за нью-йоркской публичной библиотекой. У девочки (Трейси) действительно неожиданно и как-то зелено, то есть обувь была зеленоватого цвета с бархатными чешуйчатыми пряжками в форме бабочек-однодневок, возникла на ножках зеленая обувь, точь-в-точь как в кино, только быстрее и почти без дублей. А подруга ее тем временем не выпускала из рук крошечного шпица и вертелась с ним перед зеркалом в магазине «Лорд энд Тейлор» и так, и эдак – модница с грудками старушки, но осанистая и такая, такая! Сразу видна порода.

Или это была не подруга девочки, но сама девочка тремя часами ранее, ведь это тоже вполне вероятно при тогдашних скоростях. Вжик: смело, броско наложен был макияж у неё, вжик-вжик: ресницы – во, губы – во, щеки – во, брови, малышу было восемнадцать, и она уже умела почти всё, кроме тыквы, запряженной шестеркой мышей, когда сосешь у троих сразу, и пищишь при этом на манер тувинца, но ритмичней. По выходным она рисовала природу вокруг: деревья карандашом, кусты углем, небо гуашью, и выходило похоже, но всегда будто перед дождем или сразу после, и потому только на две трети правдиво. Нью-Йорк, как город, а не состояние души или обратный адрес на конверте, выходил у нее все же удачно, еще лучше, чем при Ла Гвардии: бездомных – кот наплакал, желтые такси – все, как на подбор, пузатые «чеккеры»; и откидывалась скамеечка для лишнего пассажира сзади, и не грубили, как при Буше-Клинтоне-Буше, все эти уроды неизвестно откуда. «Чок-фул-о-натс»? – пожалуйста. «Копакабана»? Разумеется. Переоденусь, и пойдем, потому как при деньгах, Джина, работаю и прилично зарабатываю, Лоретта, хочу приятно поразить тебя, Дон. Образ жизни долгожданный, американский: машина в гараже, ребенок в духовке, второй по счету, дома – все на один фасад, по ящику дядя Мильтон, потерянный рай, а не надо было индейцев мочить, ну, тогда женушку раком, чтоб знала, кому омлет наутро – и спатки.

Когда же беседа заходила, о… теловиденьи, не теле-, когда следят за тобой, а именно тело-, когда хотят заставить следить за собой – и тебе говорят, что смотреть и где покупать, что хотеть и где – тогда пересесть бы, тогда отдохнуть перед дорогой, мой милый, мой самый-самый. Тогда не только сокращается время, шут с ним, кто считает? – но уничтожается самоё пространство, и не только потому, что даунтаун сливается с аптауном – и по ценам, и по преступности, и по эстетике, – и остаются швы. Швы. Тогда работать с ними. Присобачить к новоселью: А-а, сколько лет!, а это третья спальня, могу ли я набраться наглости и предложить вам мартини? Да, мне с луковичкой, «гибсон», если не затруднительно. Нет ничего легче. А джин какой? А джин «Танкерей», если можно. Можно. А вашей даме? А моей даме – «Априкот саур». Есть! Видите ли вы старину Джеймса?

Через шесть лет: все художники, артисты, все новаторы-певцы. Все рожают, воспитают, все готовятся в отцы. Все обедают, танцуют, провожают взглядом дам, а последние в музеях, а последние: ам-ам. «А, кого я вижу!» – возглас. «А кого?» – возник вопрос. В понедельник, перед службой, мусор вынести не смог. Сердце. Превышают скорость листья, разреши на красный свет? На 6-й и 23-й, на Седьмой опять затор.

Тут старик (как символ смерти), он с иголочки одет. Властно руку поднимает, останавливает кэб. Вот так время и течет тут, как слюна у палача, всё быстрее и быстрее, и не вниз – как у врача (а веером, как у Кармен на табачной фабрике – вот где жарко было, и солдатам в щелочку одно удовольствие наблюдать за ними!)

У женщин, естественно, пятки. У инвалидов – война. У революцьонеров был лозунг: «Долой!», а чуть позже – «Домой!»

Угостил я чем-то Трейси. Трейси: «Сделай, как тогда». Я ей: «Трейси, а ю шуа?» Трейси (настойчиво): «Сделай, как тогда!» Я: «Доколе мы с тобою горе мыкать будем, друг?» И тогда пропела Трейси: «Мистер мальчик, я твой друг». «Мистер-мальчик?» – удивился ваш покорнейший слуга... И тогда я причинил ей сладких несколько часов. И тогда я заменил ей сорок братьев и отцов. А навстречу нам шагали по Восьмой и Астор-Плэйс: сумасшедший грек-газетчик и потешный Джимми Крейс, негритянка из Огайо, Леня Фишман из Чухны, Юджин Дрек, художник слова и другие пацаны.

2000

Волшебники страны Zep

Ну и что, что все концерты, попесенно и плейлистово, растащены по ютьюбам и википедиям, а копия программки, которую иногда достаю с полки – а как еще доказать младшим современникам и их детям, что дважды (!) был и слышал, – тоже висит на официальном сайте, и если курсором подцепить уголок страницы, то она перевернется с хрустом надкусываемого плода с древа жизни и обнаружит ряд цветных фотографий североамериканского турне 1977 года.

И тем не менее на правах очевидца, ибо я там все же был, а вы, скорей всего, нет, – предлагаю тут же, безотлагательно перенестись на 34 года назад в Madison Square Garden и по мере сил раствориться в двадцатитысячной толпе, уже выказывающей (свист, топот, выкрики boo!) некоторое нетерпение – первый из шести нью-йоркских концертов Led Zeppelin задерживается на час, но вы-то, вы-то, надеюсь, никуда не торопитесь? Часом позже, часом раньше: к встрече с демиургами вы, сменив Восточное полушарие на Западное, добирались четыре года, с тех пор как в девятом классе с пятой прокрутки перестали бояться блюз и полюбили последний, «несдающийся» трек на первом альбоме, «How Many More Times», вдребезги и без оглядки офанатев.

Слиянию с массами содействует незнакомка справа, арт-студентка по виду – а кто в конце семидесятых в Нью-Йорке, говоря нестрого и с приличествующей жанру ретрослезой, в двадцать выглядел иначе? Я, прежде всего, о длинных, расчесанных на прямой пробор волосах, курчавых прическах афро, или jewfro, светлой марлевой блузке со вставкой, расшитой мексиканским узором, и белых баскетбольных кедах, но ни в коем случае не о черных кроссовках, пришедших им на смену двумя годами позже. Арт-студентка бессловесно протягивает вам косяк, вы киваете, первый рок-концерт в жизни, четвертый месяц в стране, куда ни кинь – тайные ритуалы и заковыристые коды (одни граффити в нью-йоркских сабвеях чего стоят), но иные, к счастью, не требуют дешифровки, вы делаете затяжку, за ней другую… Одномоментно миниатюризированный зал под стеклом воображаемого сувенира Greetings from MSG: June 7, 1977 взбалтывается незримой рукой; в нем расслабленные мужички на вашей трибуне оказываются, все до одного, с-ноготки и легче воздуха; серебристые блики-чаинки с гоготом взмывают ввысь и прилепляются к зеркальному шару, медленно вра-ща-ю-ще-му-ся под куполом стадиона; время под натиском звуковой волны идет пузыриками, скукоживается; на сцене дымно и многоцветно взрывается нечто; по ту сторону радуги – четыре фигурки с каждым звуком растут, выборочно и на дрожжах; апплицированный красный цветок мака на белом, в драконах, костюме Джимми Пейджа спешно множится делением, и вот вы стоите посреди макового поля без края; сам дракон на спине гитариста, до поры (до запила в «Sick Again») свернувшийся в клубок мирным Тотошкой, начинает щериться и огнедышать на гривастого льва – Роберта Планта, дервишеобразно и экстатично кружащегося вокруг своей оси (вокалист, кажется, решил забить на травму лодыжки – следствие дтп на острове Родос). Тем временем толстяк-страшила Джон Бонэм… Но не будем форсировать ассоциации с персонажами из «Волшебника страны Оз» и оставим за скобками пассажи о живучести культурных архетипов коллективного бессознательного. Отметим походя, что внешне к середине 70-х четверка Zep'ов странным образом стала корреспондировать героям популярной сказки Баума…

Так вот, говорю, время съеживается, что твоя шагреневая кожа; трехчасовой, эпический, по любым меркам, концерт близится к финалу, а мы еще ни словом не обмолвились о Джоне Поле Джонсе, блестящем и на коротких акустических дистанциях (мандолина в «Going to California»), и на восьмиструнном басу в марафонском забеге «Achilles Last Stand», не говоря о клавишах в «No Quarter»… Но вот уже резонируют в воздухе громоподобные удары в пылающий китайский гонг – взмыленный Джон Бонэм выруливает десятиминутную перкуссионную соло-бомбардировку к победной коде, и следом за ней – в сотканную из лазерных нитей зеленую пирамиду оказывается идеально вписанным Джимми Пейдж, сменивший двухгрифный Gibson на обычный – правда, с фирменным скрипичным смычком. Чародей Джимми извлекает из терменвокса утробные всхлипы и стоны в электронно-непричесанной части композиции «Whole Lotta Love», безошибочно отсеивающей матерых фанатов от случайных попутчиков: последние если и выдюжили фонтанирующий «Moby Dick» Бонэма, то к середине сольного номера Пейджа тянутся к выходу – попить пивка, перевести дыхание. Запомнилась одна из таких попутчиц в завивке а-ля Фара Фоссет, жалующаяся после концерта подруге: «Надо же, как громко, чуть не оглохла». Но вернемся от будущей домохозяйки к бывшему полубогу. Движения гитариста энигматичны, избыточны. Что это: шоу-бизнес по ту сторону добра и глэм-рока? черная магия для начинающих? аматерная пантомима, призванная обезболить прием малой дозы экспериментальной музыки далековатым от нее сотням тысяч зрителей – я о суммарной массе стадионных аудиторий на протяжении более сорока концертов турне, увы, оказавшемся для группы прерванным (смерть пятилетнего сына Планта в июле 77-го) и последним (смерть Бонэма в 80-м) – по крайней мере последним для Америки... Как бы то ни было, эту часть концерта, памятуя об увлечении Пейджа работами Алистера Кроули, вы про себя называете оккультпросветом и тут же даете себе слово сходить на концерт кумиров еще раз. Во что бы то ни стало.

Стало в 25 баксов за билет, купленный с рук, на последний из шести нью-йоркских концертов – кусающаяся для студента сумма. Попытки разжалобить продавца («Представляете, из России, и фанат, каких мало») не привели ни к чему. Оказалось наоборот: фанат, каких немало. Так иногда тешишь себя мыслью, что ты cool и продвинут дальше некуда, а пройдет время, и вдруг осознаешь, что такая «твоя» музыка вовсе была саундтреком для целого поколения, и если ты не слушал в те годы Led Zeppelin, то что же ты, собственно, тогда слушал? Что до страны происхождения... «Мне-то что, а хоть бы ты с Луны упал, – отвечал афроамериканский обладатель лишнего билетика, судя по его напористости, не случайного. – На том углу улетают за 30». И купил у него, и улетел за 25, получив еще три часа уникального кайфа, который сегодня не купить ни за какие деньги.

2011

Слава Аполлону

Последний живой платный концерт The Beatles на сан-францисском стадионе Candlestick Park в августе 1966-го по молодости лет и иной на тот момент прописке, не буду врать, – пропустил. По аналогичным причинам не могу похвастать, что видел зрелого Синатру и молодого Элвиса.

Но на концерте The Rolling Stones пятнадцатью годами позже, в том же Candlestick, теплым солнечным днем 17 октября 81-го года, все же имел нездешнее счастье присутствовать, и скажу прямо: из калейдоскопа концертов на открытом, экологически безупречном воздухе моей калифорнийской юности чаще других вспоминается именно он. Нет, десятки других – на стадионах и в парках, на кампусах и лужайках и даже на пляже в городе Вентура, что недалеко от Лос-Анджелеса, забыть тоже непросто, тем более что в билетах на добрую половину из них значилось The Grateful Dead, но этот… А потому что все, связанное с концертом The Stones, было, что называется, bigger than life. От глянцево-синего, размером в три раза больше обычного билета, с которого вам лез в лицо толстый красно-бордовый язык вашего нагловатого знакомца – губастого лидера «самой великой рок-группы всех времен», и до тысячи разноцветных воздушных шаров, выпущенных в прозрачное небо над стадионом в конце выпущенных в прозрачное небо над стадионом в конце шоу.

А это было именно рок-шоу, мой первый приватный опыт тотального R&B-спектакля, затеянного командой Джаггера и Ричардса – тогда еще не динозаврами жанра, но относительно нестарыми его ветеранами, гастролирующими в поддержку альбома «Tattoo You». Точнее, не так: свирепый и разномастный альбом, за неимением нового материала, был собран из «отходов» предыдущей декады и записан специально для большого – длиной в пятьдесят концертов – американского турне. Но суть не в этом. И даже не в утреннем предконцертном завтраке, состоявшем единственно из кулинарного дебюта – теплых хэш-брауниз (печенье с марихуаной), приготовленных нами из супермаркетовского микса с соответствующими добавками, замедленный эффект которых оказался замедленней и продолжительней ожидаемого. (И слава Аполлону, что стукнуло не на мосту Бэй-Бридж, по дороге из Беркли в Сан-Франциско, а уже на стадионе, поближе к энергичной «Shattered»: композиции, заставившей вспомнить Манхэттен середины 70-х, криминогенный, суетный, агрессивный и такой далекий от идилличной Северной Калифорнии.) И речь не только о «Теогонии» Гесиода (700 г. до н.э.), привнесшей мифотворческое измерение в мое восприятие зрелища: смешно, но книжку поэта и рапсода я прихватил с собой и даже ухитрялся заглядывать вполглаза между номерами – на носу был тест по древним грекам.

А дело, как оказалось впоследствии, в зыбкости понятия «относительно нестарых». И не обязательно в сравнении с Гесиодом. Помню, как пришлось переглянуться с друзьями, когда Джаггер, вдруг сорвав с себя мокрую футболку, облачился в звездно-полосатый плащ аккурат к вступительному риффу «Satisfaction»: откуда у немолодого мужика достает сил на протяжении двух часов скакать нон-стоп по необъятной сцене и без ощутимой одышки петь хиты своей молодости? Тридцать лет спустя оглядываюсь: Джаггеру тогда только исполнилось 38...

Дионисийский ритуал, жестко приколоченный к месту действия и культурному моменту: огромный, во всю сцену, яркий задник, на нем – стилизованные электрогитара, американский флаг, красное спортивное авто, виниловая пластинка и обрывки серпантина – вполне в эстетике набирающей амплитуду «нью-вейв». Плей-лист тоже не отставал от века: помимо золотого стандарта группы – пять песен с двух альбомов конца 70-х: выдающегося «Some Girls» и так себе «Emotional Rescue», где плохие ребята рок-н-ролла отдавали объяснимую дань вездесущему в те годы диско. Словно опасаясь визуального недобора по пункту «американа» или просто контраста ради, Джаггер выделывал свои андрогинные па, одетый в футбольную форму, правда, без шлема, но зато с наколенниками и цифрой «81» на майке (речь, разумеется, об американском футболе – тем более что команда сан-францисских «49ers», на чьем поле The Stones, собственно, и играли для нас, хорошо проявила себя в том сезоне).

Интриговала готовность фронтмена ангажировать аудиторию всеми доступными средствами. Священнодействуя на просцениуме, Джаггер впрыгивал в экстатичную толпу младших братьев и сестер шестидесятников – вот уж точно не припомню в ней лиц старше тридцати, и уже по этой причине располагающих к доверию. А в припеве «Beast of Burden» он обращался к зрителям, чуть ли не ожидая ответа: «Am I rough enough?.. Am I tough enough?.. Am I rich enough?..» И то, и другое, и третье, Мик. И талантлив, и релевантен, и любимец богов, и навсегда, и не прощу себе, если не закончу из Гесиода – не о тебе ли и твоей команде?

«Ибо от Муз и метателя стрел, Аполлона-владыки,
Все на земле и певцы происходят, и лирники-мужи.
…Блажен человек, если Музы
Любят его: как приятен из уст его льющийся голос!»

2012

Павел Лемберский
Де Кунинг

Издательство *Литтера*
ilya.bernshteyn@litterapublishing.com

Тираж 250 экземпляров,
из них первые 30 – нумерованные.

Экземпляр №

Published by Littera Publishing LLC

Name: Lembersky, Paul, author.
Title: De Kooning / by Paul Lembersky.
Identifiers: ISBN 978-1-7336-2496-1

Manufactured in USA